KB214097

야구는 눈치게임!

야구는 눈치게임!

연필신인장

추천사

"천만 관중 시대를 연 한국 프로야구에 꼭 필요한 책이 이 책이 아닌가 한다. 야구는 재미있는 스포츠이며, 그래서 야구를 알아가는 방법도 재미있어야 한다. 재미와 정보를 모두 잡은 이 책을 야구팬 모두에게 추천한다."

- 이범호 -

"누구보다 야구를 사랑하고, 팬들에게도 항상 친절했던 선수가 서동욱 선수였다. 그런 이가 야구에 대해서 쓴 책이니 팬들에게도 큰 공감을 받을 수 있지 않을까?"

- 박용택 의원 -

"야구의 모든 포지션을 훌륭하게 수행할 수 있던 선수 시절 서동욱처럼, 은퇴 후에도 야구를 알릴 수 있는 모든 일들을 척척 해내는 서동욱 코치를 응원합니다."

- 이대호 -

"안녕하세요. 대한민국 리틀야구 연맹 회장 배우 김승우입니다. 한국 프로야구사에 족적을 남긴 스위치 타자 서동욱선수의 새로운 도전에 많은 응원 바랍니다. 은퇴 후 야구인 서동욱의 감회를 본인의 술회로 적은 이 책에 야구를 사랑하는 많은 팬들께서 또 다른 매력을 느낄 것 같습니다. 이 책을 접하시는 모든 독자 여러분 가슴에 다시 한번 서동 욱이라는 이름 기억해 주시고, 용기와 희망을 불어넣어 주시길 바랍니 다. 작가 서동욱 파이팅! 입니다."

- 배우 김승우 -

"야구 대중화를 위해서 누군가 했어야 한 일을 서동욱 선수가 먼저 시
작한 것에 큰 박수를 보냅니다. 많은 독자들이 〈야구는 눈치게임〉을 통
해서 야구를 더 아끼고 사랑할 수 있는 기회를 갖기 바랍니다."

- 김선우 -

"이보다 정확하고 이보다 친절하며 이보다 상세한 야구책이 있을까?
야구가 좋아서 야구를 하고, 야구를 보는 모든 이들에게 꼭 추천하고
싶은 책입니다."

- 장시원 PD -

"선수 시절 서동욱은 경기에서 본인이 해야할 일과 집중해야할 일을 누구보다 잘 아는 선수였다. 그리고 은퇴를 한 지금 시점에서 본인이 야구를 위해 해야할 일을 제대로 찾아낸 것 같다. 이제 야구는 스포츠이자 엔터테인먼트이며, 콘텐츠이다. 그런 야구를 책으로 즐기는 콘텐츠가 필요한 시점이라고 생각했는데 마침 좋은 책이 나올 것 같아 야구인으로서 고맙고 자랑스럽다."

- 최형우 -

IT AIN'T OVER 'TILL IT'S OVER. (YOGI BERRA)

Seo Dongwook

차례

들어가는 말

1,000만 관중을 돌파하며 연일 흥행 기록을 새로 쓰고 있는 한국 야구의 모습을 보며, 야구에 몸담았던 사람으로서 감회가 새롭습니다. 제가 선수 생활을 할 때도 정말 많은 팬이 야구를 사랑해 주셨는데, 지금은 그 이상으로 관심과 응원을 받고 있다고 하니 감사할 따름입니다.

한국 야구가 나아갈 길은 아직도 멀리 펼쳐져 있다고 생각합니다. 우리 야구가 한국을 넘어 해외에서도 사랑받고, 자라나는 어린 친구들이 야구를 더 많이 즐길 수 있도록 야구를 사랑하는 우리 모두가 해야 할 일이 많습니다.

제 소개를 간단히 드리면, 저는 초등학교 3학년 때 야구 유니폼을 입은 선배들의 멋진 모습에 반해 야구를 시작했습니다. 2003년부터 프로야구 구단 기아 타이거즈에서 선수 생활을 했고, 이후 LG 트윈스, 넥센 히어로즈, 다시 기아 타이거즈를 거쳐 2019년에 은퇴했습니다. 잠시 코치 생활을 하다가 지금은 야구 관련 트레이닝센터와 유튜브 채널을 운영하며 지내고 있습니다.

특히 요즘은 장시원 PD님과의 인터뷰를 계기로, 3년 전부터 시작한 JTBC 예능 프로그램 <최강야구>를 통해 팬들에게 다시 한번 인사드릴 수 있어 감사하게 생각합니다.

17년의 선수 생활 동안 많은 일이 있었지만, 가장 기뻤던 기억은 2017년 기아 타이거즈에서 한국시리즈 우승을 차지했던 순간입니다. 그때 팬들이 행복해하던 모습이 지금도 눈에 선합니다.

이 책은 야구 현장에서 한 걸음 물러나, 이제는 야구의 저변을 넓히는 일을 하는 사람으로서, 조금이라도 야구 인기에 더 불을 붙일 방법을 찾던 중에 나온 결과물입니다.

야구의 기본 규칙과 상식을 딱딱하게 나열하기보다는, 제 선수 시절 이야기와 엮어 좀 더 편하고 재미있게 읽을 수 있도록 구성했습니다. 또한, 야구를 더 풍부하게 즐길 수 있도록 경기 외적으로 선수들의 삶에 대한 이야기도 덧붙였습니다.

최근에는 젊은 분들을 중심으로 야구를 잘 모르는 경우에도 경기장의 흥겨운 분위기를 즐기러 찾는 팬들이 많아졌습니다. 그것만으로도 충분히 즐겁지만, 알고 보면 더 재미있는 것이 바로 야구입니다.

야구는 규칙이 많아 복잡해 보일 수도 있습니다. 하지만 그 진입장벽을 조금만 넘으면 야구만이 가진 독특한 매력에 빠져들게 됩니다.

야구와 관련된 가장 유명한 명언 중 하나인 "끝날 때까지 끝난 게 아니다."라는 말은, 아무리 약팀이라도 승리의 기회가 있으며, 신인 선수에게도 대투수를 상대로 홈런을 날릴 기회가 주어지는 야구의 묘미를 잘 설명해 줍니다.

저는 그러한 야구의 매력에 독자들이 흠뻑 빠질 수 있도록 등을 살짝 밀어주고 싶습니다.

이 책은 야구 입문서라든지 야구 설명서처럼 거창한 책이 아닙니다. 궁금할 때마다 가볍게 펼쳐볼 수 있는 책입니다. 야구장에서 즐기는 맥주나 치킨처럼, 야구를 더욱 행복하게 즐길 수 있도록 돕는 양념 같은 책이면 충분합니다.

평생 야구만 해온 제가 책을 쓴다는 것은 큰 도전이었습니다. 많은 분의 도움이 아니었다면 결코 완성하지 못했을 것입니다.

먼저, 전문적인 지식으로 꼼꼼하게 내용을 감수해 주신 최영주 심판원님, 송형민 기록원님께 감사드립니다.

책을 낸다는 소식에 누구보다 응원하고 격려하며 열렬한 관심을 보내준 <최강야구> 식구들에게도 감사합니다. 여러분의 열정이 저를 움직였습니다.

부족한 저를 애정과 인내로 지도해 주신 LG 트윈스, 넥센 히어로즈, 기아 타이거즈의 감독님들과 코치님들께 감사드립니다. 그리고 크게 빛나지 못한 선수였던 저를 아낌없이 응원해 주신 팬들께, 이 지면을 빌려 다시 한번 감사의 인사를 전합니다. 보내주신 사랑, 영원히 잊지 않겠습니다.

현우야, 지우야! 아빠가 책을 냈다. 재미없어도 열심히 읽어주렴.

아들 같은 남편을 키우느라 늘 고생하는 민희 씨. 미처 상의도 하지 않고 내린 은퇴 결정을 따뜻하게 받아주고, 내 마음부터 걱정해 주던 그날의 위로를 여전히 기억합니다. 당신 덕분에 오늘도 살아갑니다. 고맙고, 사랑합니다.

2025년 봄 서동욱

기본 룰과 경기장

기본 들과 경기장

아파트 아파트! 야구는 눈치게임

지난겨울, 로제와 브루노 마스의 노래 '아파트'가 큰 인기를 끌면서 아파트 게임을 알게 되었는데요. 저는 그걸 보면서 야구 선수들끼리 모여 아파트 게임을 하면 정말 치열할 것 같다는 엉뚱한 생각을 했답니다. 최강 야구 경기가 끝나고, 저녁 내기로 한번 해 볼까요?

해 본 적은 없지만 아마 야구 선수 대부분은 저런 게임의 도사들일 겁니다.
왜냐하면 야구라는 스포츠 자체가 눈치게임이거든요. 야구를 업으로 하는 선수들은 평생 눈치게임을 하며 살아가는 것이나 마찬가지입니다.

'눈치를 본다'라는 말은 뭔가 무서운 사람이 있어서 분위기 파악을 해야 한다든지 할 때 쓰면 별로 좋지 않은 뜻이겠지만, 여기서는 상황에 맞는 행동을 할 수 있는 '센스'의 의미에 더 가까워요. 사실 센스가 좋은 사람은 어디서든 사랑받을 수 있잖아요? 야구에서는 특히 더 그렇습니다.

야구를 공을 던지고 방망이를 휘두르고 1루로 달려가는 운동으로 알고 계신 분들은 야구가 눈치게임이란 말이 생소하실 것 같습니다.

그런데 따져 보면 투수는 타자에게 무슨 공을 던질지, 타자는 공을 어느 방향으로 칠지, 이 상황에서 다음 베이스로 뛸지 말지, 이런 것들을 결정하는 중요한 요소가 바로 눈치입니다.

어렸을 때 저는 야구를 배우면서 야구가 '무궁화 꽃이 피었습니다' 놀이와 비슷하다는 생각도 했습니다. 술래가 돌아

보기 전에 눈치껏 뛰어서 목표물에 손을 대는 게 마치 야구의 한 장면 같다고나 할까요?

어떤 사람들은 야구를 두뇌 게임, 머리를 쓰는 게임이라고 표현하기도 하지만 저는 '머리가 좋다'는 말보다 '눈치가 빠르다'는 말이 야구를 잘하는 선수를 표현할 때 더 찰떡같이 와닿습니다.

야구 선수의 눈동자는 부지런합니다. 언제 무슨 상황이 벌어지는지 끊임없이 파악해야 하거든요. 벤치에서 팔짱을 낀 채 앉아 있더라도 선수들의 눈동자는 바쁩니다. 눈치 싸움에서 승리하려면 한 번이라도 더 상대 팀의 눈치를 봐야 하는 까닭이죠.

제가 야구를 눈치게임으로 소개하는 이유는 간단합니다.

눈치게임의 재미는 무엇일까요? 상대방을 제대로 속였을 때 느껴지는 쾌감, 서로의 표정과 분위기를 살피며 이 타이밍에 무슨 행동을 할까 말까 각을 재다가 마침내 성공했을 때 느끼는 희열 아닐까요? 야구가 눈치로 하는 스포츠임을 알고 보면 야구에 대한 재미를 두 배, 세 배로 느낄 수 있습니다.

경기에서만이 아니라 야구 선수들은 다른 스포츠에 비해 많은 동료와 어우러져 늘 북적북적한 가운데 사회생활을 해서 사람과 사람 사이에 필요한 눈치도 빠른 편입니다. 그야말로 눈치 마스터들이 모인 곳이 야구 구단인 거죠.

왜 야구가 눈치게임인지는 이 책의 내용을 따라가다 보면 자연스럽게 이해하실 수 있을 겁니다. 눈치 도사들이 벌이는 본격 눈치게임, 야구의 세계로 여러분을 초대합니다!

야구의 기본 규칙

혹시 야구 경기를 보는데, 남들이 응원봉을 흔들기에 따라 흔들었지만, 정확히 무엇을 응원하는지 몰랐던 적이 있으신가요? 이제부터 야구를 제대로 즐기기 위한 필수 개념과 경기 진행 방식을 알려드리겠습니다.

물론, 모든 스포츠가 그렇듯 자주 경기를 보다 보면 자연스럽게 기본적인 내용을 알 수 있습니다. 하지만 야구 초보라면 승패는 어떻게 결정되는지, 경기는 언제 끝나는지, 왜 공격과 수비를 번갈아 하는지 등 궁금한 점이 많을 수 있습니다. 따라서 차근차근 하나씩 설명해 드리겠습니다.

▌ 야구는 9회로 이루어진다

야구 경기는 총 9회로 구성됩니다. 1회를 1이닝(inning)이라고 부르는데, 이 용어에 익숙해지는 것이 좋습니다. "어떤 선수가 몇 이닝 동안 나왔다", "어떤 팀이 몇 이닝에 실점했다"와 같은 표현을 자주 사용하기 때문입니다.

특별한 상황이 아니면 9회까지 진행되며, 정해진 경기 시간은 없습니다. 축구는 모든 경기가 90분이지만, 야구는 경기마다 시간이 다릅니다. 야구장에 가실 때는 최소 2시간, 보통 3시간 정도 걸린다고 예상해야 합니다.

9회까지 승부가 결정되지 않으면 연장전을 진행하기도 합니다. 저녁 6시에 시작한 경기가 막차 끊길 때까지 끝나지 않는 이유가 바로 이 때문입니다. 연장전에 돌입했는데 막차가 끊길 것 같다면 과감히 경기장에서 나오세요. 정말 막차 끊길 때까지 끝나지 않을 수 있습니다. 요즘 택시비도 비싸니까요.

■ 야구는 공격과 수비를 나눠서 한다

앞서 야구가 9회로 나뉜다고 말씀드렸는데요. 1회는 '초'와 '말'로 나뉩니다. 예를 들어 3회는 3회 초와 3회 말이 있는 것입니다. 한 팀이 초에 공격을 하면 말에는 수비를 하고, 매 회 순서를 바꿔가며 공격과 수비를 반복합니다.

다른 스포츠에 익숙한 분들은 이러한 경기 방식이 낯설 수 있습니다. 축구, 농구, 배구 등 대부분의 구기 종목은 공격과 수비가 언제든 바뀌지만, 야구는 '이번에는 나 공격, 너 수비!' 하면서 공수를 정해놓고 진행하는 방식입니다.

야구의 매력을 더욱 깊이 이해하고 즐기기 위해서는 기본 규칙과 경기 방식을 숙지하는 것이 중요합니다. 이 책을 통해 야구에 대한 궁금증을 해소하고, 더욱 재미있게 야구를 즐길 수 있기를 바랍니다.

■ 그래서 9회가 중요하다!

'초'와 '말'을 이해하셨다면 왜 야구에서 9회가 중요한지 아실 수 있습니다. 야구는 9회까지 점수를 많이 낸 팀이 승리하는 스포츠입니다.

예를 들어 A팀은 초에 공격하고 말에 수비하는 팀이고, B팀은 말에 공격하고 초에 수비하는 팀이라고 가정해 보겠습니다. 9회 초까지 A팀이 B팀에게 5:3으로 앞서 있다고 상상해 볼까요?

9회 말이 되어 B팀이 공격할 차례가 되었고, B팀이 9회 말에 3점을 내어 5:6으로 역전을 한다면 어떻게 될까요? 만약 10회가 있다면 다시 A팀에게 기회가 오겠지만, 야구는 9회가 끝이기 때문에 그대로 경기가 종료됩니다.

9회 말을 하지 않고 9회 초에 경기가 끝나기도 합니다. C팀이 말에 공격하고 초에 수비하는 팀이고, D팀이 초에 공격하고 말에 공격하는 팀이라고 가정해 보겠습니다.

C팀이 D팀에게 8회 말까지 8:3으로 앞서 있습니다. D팀이 9회 초에 공격하게 되었는데 1점도 내지 못하고 9회 초가 끝났습니다. 그러면 C팀은 9회 말에 공격할 필요가 있을까요? 10회가 없어 D팀은 다시 공격할 기회가 없으므로 C팀이 굳이 9회 말에 공격하지 않은 채 그대로 경기가 종료되는 겁니다.

사람들이 야구는 끝까지 봐야 한다는 이유는 야구가 공격과 수비를 번갈아 가면서 하고 9회로 마무리되는 스포츠이기 때문입니다. 이 점을 야구만이 가지고 있는 독특하고 재미있는 요소로 이야기하는 분들이 많습니다. 9회에 우리 팀이 역전해서 경기를 끝내지는 않을지? 아니면 지금 점수를 잘 지켜 무사히 승리할지! 두근두근 조마조마하게 9회를 지켜봐야 하는 거죠.

끝내기 타점의 짜릿함

최강 야구 경기 중 제가 끝내기 타점을 기록한 적이 있습니다.
2022년 동의대학교와의 경기였는데요. 6:6 동점 상황에서 우리 팀
이 말 공격을 하고 있었습니다. 제가 6:6을 6:7로 만드는 점수를 냈
고, 그대로 경기가 종료되었습니다.

그 순간 더욱 감동적이었던 건 저를 믿어주신 이승엽 감독님의 한마
디였는데요. 중요한 순간이기에 여러 가지 작전이 있을 수도 있었지
만, 감독님은 딱 한마디만 하셨습니다.

"사인 없다." (아무 작전도 없고 너를 믿겠다.)

저는 대답했죠.

"치겠습니다." (믿어주신 대로 제 능력으로 잘 해보겠습니다.)

그리고 다행스럽게도 감독님의 믿음에 보답할 수 있었습니다. 그때
너무나도 기뻤던 마음과 주위에 울려 퍼지던 환호성이 아직도 생생
한데요. 이처럼 극적으로 경기가 끝나는 건 팬들에게도 큰 즐거움이
지만, 점수를 올린 선수에게는 선수 생활에서 잊지 못할 추억이 되기
도 합니다.

부채꼴로 생긴 야구 그라운드

야구장에 처음 들어서면 넓은 공간에 복잡하게 그어진 선들과 흙과 잔디가 섞여 있는 모습에 당황할 수 있습니다. 하지만 몇 가지 기본적인 정보만 알고 있으면 야구장을 훨씬 쉽게 이해하고 경기를 더욱 즐겁게 관람할 수 있습니다.

■ 야구장의 구성

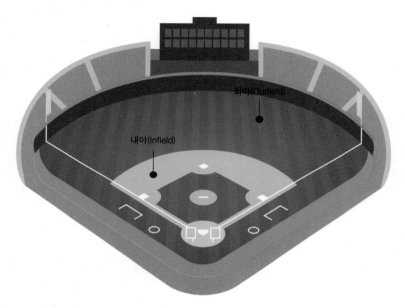

야구장은 크게 내야(Infield)와 외야(Outfield)로 나뉩니다.

• **내야** : 홈플레이트를 기준으로 다이아몬드 형태를 이루는 공간입니다. 1루, 2루, 3루 베이스가 이 다이아몬드의 각 꼭짓점에 위치하며, 투수판과 홈플레이트가 이 다이아몬드 안에 있습니다.

• **외야** : 내야 바깥쪽, 페어 지역의 경계선에서 외야 펜스까지의 넓은 공간입니다. 외야는 잔디로 덮여 있으며, 좌익수, 중견수, 우익수가 수비하는 공간입니다.

■ 주요 선과 구역

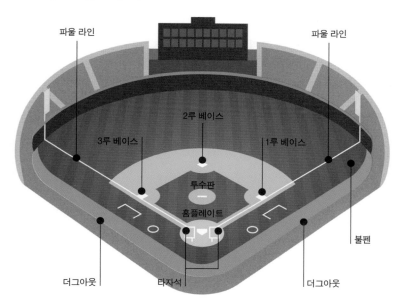

파울 라인

파울 라인

2루 베이스

3루 베이스

1루 베이스

투수판

홈플레이트

불펜

더그아웃

타자석

더그아웃

• **파울 라인** : 홈플레이트에서 1루와 3루 베이스를 따라 외야 폴대까지 이어지는 선입니다. 이 선 안쪽이 페어 지역, 바깥쪽이 파울 지역입니다.

• **베이스** : 1루, 2루, 3루 베이스는 흰색 사각형으로, 홈플레이트는 흰색 오각형으로 표시됩니다. 주자가 각 베이스를 밟아야 득점으로 인정됩니다.

• **투수판** : 투수가 공을 던지는 위치로, 홈플레이트와 18.44m 떨어져 있습니다.

- **타자석** : 타자가 공을 치기 위해 들어서는 공간으로, 홈 플레이트 양쪽에 각각 하나씩 있습니다.
- **더그아웃** : 각 팀 선수들이 대기하는 공간으로, 1루와 3루 쪽에 각각 하나씩 있습니다.
- **불펜** : 투수들이 몸을 푸는 공간으로, 외야 펜스 뒤쪽에 위치합니다.

■ 흙과 잔디

- **내야** : 대부분 흙으로 덮여 있으며, 베이스 주변과 투수 판, 홈플레이트 주변은 잔디로 덮여 있습니다.
- **외야** : 전체가 잔디로 덮여 있습니다.

■ 경기 시작: 타석과 마운드

야구 경기는 타석에서 시작합니다. 홈플레이트 옆에 있는

네모 박스가 타석인데요. 모든 타자는 타석에 서서 투수의
공을 칩니다.

투수는 어디에 있을까요? 내야 가운데 동그라미는 마운드
라고 부르고 투수가 공을 던지는 곳입니다. 마운드에 선 투
수가 타석에 선 타자에게 공을 던지면 야구 경기가 시작되
는 겁니다.
야구장 구조를 이해하면 경기를 더욱 생동감 있게 관람할
수 있습니다. 좋아하는 팀의 선수들이 어느 위치에서 뛰는
지, 어떤 전략을 사용하는지 등을 파악하는 데 도움이 되기
때문입니다.

마운드의 비밀

경기장에서나 중계 화면으로는 잘 알 수 없는 사실이 있는데요. 투수가 올라서는 마운드는 평지 위에 흙을 쌓아 올려 높게 만드는 것이 규칙입니다. 국내 프로야구는 평지에서부터 25.4cm, 30cm 자보다 약간 낮은 정도로 흙을 쌓아 만듭니다. 그래서 투수는 타자를 내려다보는 위치에서 공을 던지는 거죠.

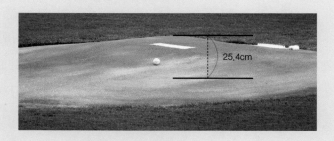

25.4cm

마운드를 높게 만든 이유는 투수를 보호하기 위해서입니다. 투수가 타자와 똑같은 높이에서 공을 던지면 타자가 훨씬 더 투수의 공을 치기 쉽습니다. 투수가 조금 더 유리하게 공을 던질 수 있게 만들어 놓은 것이죠. 마운드의 높이가 높을수록 타자가 공을 치기 더 어렵다고 생각하면 됩니다.

타석을 표시하는 네모는 왜 2개일까?

아까 그림에서 보면 홈플레이트 양옆으로 타자가 서는 타석인 네모 모양이 2가가 있죠? 타자는 1명인데 왜 타석은 2개가 그려져 있을 까요? 그건 사람이 오른손잡이와 왼손잡이가 있기 때문인데요. 오른 손잡이 타자는 오른쪽 타석에, 왼손잡이 타자는 왼쪽 타석에 서게 됩 니다. 어느 쪽이든 타자가 본인이 원하는 위치에 서면 됩니다.

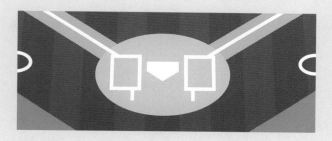

사람 중에 양손잡이도 있듯이 야구 선수도 양손을 다 써서 오른쪽 타 석과 왼쪽 타석을 상황에 따라 번갈아 나오는 선수도 있어요. 그런 타자를 '스위치 히터', '스위치 타자'라고 부르는데요. 저도 오른쪽과 왼쪽 타석을 모두 활용하는 스위치 히터였습니다.

점수내기, 아웃, 안타, 홈런

점수내기, 아웃, 안타, 홈런

점수는 어떻게 내는 걸까?

야구는 9이닝 동안 점수를 더 많이 낸 팀이 이기는 스포츠입니다. 9이닝 동안 어떻게 한 이닝이 끝나고 점수가 나는지 알려 드릴게요.

A팀이 1회 초에 공격하면 B팀은 수비를 하겠죠? 그러면 B팀의 투수가 A팀의 타자에게 공을 던지는 겁니다. A팀 타자의 목표는 출루하는 것이고, B팀 투수와 수비수들의 목표는 타자를 아웃시키는 겁니다.

여기서 중요한 개념이 나왔네요. 출루와 아웃!

■ 출루와 득점

출루는 '루(베이스)로 나간다'는 뜻입니다. 앞에서 본 그라 운드 그림을 다시 한번 떠올려 주세요. 홈플레이트가 있고 1루, 2루, 3루가 있었죠? 홈플레이트에 선 타자가 1루, 2루, 3루, 또는 아예 한 바퀴 돌아 홈플레이트까지 다시 돌아오 면 그것을 출루라고 부릅니다.

출루는 1루부터 순서대로 움직여야 해요. 반드시 1루를 밟 아야 2루까지 갈 수 있고, 1루와 2루를 밟은 후에야 3루로 갈 수 있습니다. 그렇게 하나의 루에서 다음 루로 움직이는 것을 '진루'라고 합니다.

1루와 2루와 3루를 돌아 돌아 홈플레이트까지 돌아오면 공 격팀이 1점을 얻게 됩니다. 타자가 타석에 선 목적은 출루 고, 가능한 멀리까지 갈수록 좋습니다. 멀리 갈수록 홈플레 이트와는 가까워져서 점수를 얻기 쉬워지기 때문이죠.

타자는 타석에 서 있으면 타자지만 공을 치고 베이스로 달려가는 순간부터는 '주자'가 됩니다. 똑같은 선수지만 상황에 따라 역할이 달라지는 거죠.

주자는 최대 몇 명까지 있을 수 있을까요? 루가 3개니까 3명까지 있을 수 있습니다. 타석에는 타자가 있고 1루부터 3루까지 모든 베이스에 다 주자가 있는 경우를 만루라고 합니다. 출루를 많이 했으니 당연히 공격팀에게 더 좋은 상황이겠죠?

타자가 주자가 되면 그때부터는 루에 잘 붙어 있어야 합니다. 베이스에서 발을 뗀 상태에서 공을 가진 수비수가 터치하면 아웃이 되거든요. 그래서 견제구라는 개념이 있는 겁니다.

참! 야구에서는 수비수가 공이 들어있는 글러브나 공을 잡은 손으로 주자의 몸을 터치하는 것을 '태그'라고 합니다. 그냥 얼음 땡 하듯이 아무 손이나 닿기만 하면 되는 건 아니고요. 꼭 공을 잡은 쪽 손이나 글러브로 해야 해요.

견제구란?

투수는 보통 타자에게 공을 던지지만, 주자가 있을 때는 다릅니다. 주자가 있을 때 투수는 타자에게 공을 던지지 않고 갑자기 주자가 있는 루의 수비수에게 공을 던지기도 합니다. 주자가 방심하고 베이스에서 발을 떼고 있다가 투수가 던진 공을 수비수가 받아 태그하면 아웃이 되는 거죠. 힘들게 출루했는데 이렇게 아웃이 되면 공격팀에게는 무척 허무한 일이 됩니다.

루에 있으면 안전하긴 하지만, 점수를 내기 위해서는 진루해야 하므로 다음 루로 가기 위해 끊임없이 노력해야 합니다. 수비수들은 주자가 다른 루로 움직이는 순간을 놓치지 않고 아웃시키려고 하죠.

주자가 아웃되지 않고 루에 머무르는 것은 좋은 일이지만, 동시에 힘든 상황에 놓이는 것을 의미하기도 합니다.

'채럼버스' 사건

1루, 2루, 3루를 순서대로 밟고 움직이는 건 야구의 기본 상식인데요. 드물지만 급할 때는 야구 선수들도 착각하곤 합니다. 2011년에 있었던 경기 중에 지금은 은퇴한 채태인이라는 선수가 빨리 3루까지 가고 싶은 마음에 2루를 거치지 않고 1루에서 3루까지 바로 뛴 적이 있는데요.

채태인 선수는 성적이 훌륭한 뛰어난 선수였음에도 불구하고 상황이 긴박하니 그런 실수를 한 것이지요. 워낙 보기 힘든 광경이라 채태인 선수는 팬들로부터 야구의 새로운 길을 개척했다며 '채태인+콜럼버스'가 합쳐진 '채럼버스'라는 별명을 얻기도 했습니다. 물론 채럼버스처럼 뛰면 당연히 안 됩니다.

여러 명의 수비수 사이에서 눈치를 보며 다음 루로 진루해야 하지만, 베이스에서 발을 함부로 떼면 아웃될 수 있기 때문입니다. 다음 루로 가려는 주자와 아웃시키려는 수비수들의 숨 막히는 눈치 싸움은 팬들에게 또 다른 재미를 선사합니다.

■ 이닝을 끝내는 법, 아웃

아웃이 되면 출루를 할 수 없습니다. 야구 중계를 보면 아웃이라는 말이 참 많이 나오는데요. 그럴 수밖에 없는 게 아웃이 안 되면 경기가 끝나지를 않거든요. 1회 초가 끝나려면 B팀이 A팀을 3번 아웃시켜야 합니다. 그렇게 이닝마다 아웃을 시켜야 하니 9회까지 9×3, 27번의 아웃을 시켜야 하고요. A팀도 마찬가지로 B팀을 1회 말부터 계속 3번씩 27번 아웃을 시켜야 합니다.

이런 방식이라서 아웃이 금방금방 되면 빨리 이닝이 끝나지만, 아웃이 안 되고 계속 타자가 출루하면 이닝이 엄청나게 길어지는 거죠.

아웃을 시키는 대표적인 방법은 아래와 같습니다.
① 투수가 타자에게 스트라이크를 3개 잡기
② 투수가 던진 공을 타자가 쳤을 때 땅에 떨어지기 전에 수비수가 잡기
③ 수비수가 공을 잡아 타자나 주자가 베이스에 닿기 전에 태그하기

이 외에도 여러 경우가 있지만 이 3가지만 알고 있어도 대부분의 상황을 이해할 수 있답니다.

①은 투수와 타자의 대결만으로 아웃이 되는 경우입니다. 투수가 던진 공이 스트라이크 판정을 세 번 받을 때까지 타자가 출루하지 못하면 아웃이 됩니다. 이때는 투수가 알아서 타자를 아웃 시켜버리는 거니까 수비수들은 특별히 할 일이 없죠. 스트라이크 판정에 대해서는 뒤에서 더 자세히 설명해 드릴게요.

②는 스트라이크 아웃이 되기 전에 타자가 공을 땅 쳤는데

하늘로 공이 높게 뜨는 경우가 있죠? 이 공이 땅에 떨어지기 전에 수비수 중 누군가가 잡으면 아웃이 됩니다. 그래서 수비수들이 공이 뜨면 하늘을 쳐다보면서 열심히 달려가 땅에 닿기 전에 공을 잡으려고 하는 겁니다. 물론 공이 담장을 넘어가 버리면 당연히 잡을 수가 없겠죠.

③은 타자가 공을 쳤는데 공이 뜨지 않고 데굴데굴 굴러가거나 땅에 닿기 전에 수비수가 잡지 못할 수가 있겠죠. 그렇다고 무조건 아웃이 안 되는 게 아닙니다. 수비수는 땅에 떨어진 공을 최대한 빨리 잡아 던지는데요. 루에서 기다리던 다른 수비수가 그 공을 받아 타자나 주자가 루에 닿기 전에 몸에 태그를 하면 아웃이 됩니다. 루에 공과 사람 중 누가 일찍 도착하는지 경쟁하는 셈이죠.

태그를 하지 않았는데 아웃이라고 하던데요?

어떤 경우에는 수비수가 베이스를 밟고 주자가 도착하기 전에 공을 받기만 해도 아웃이 되기도 합니다. 공을 잡은 다음에 주자의 몸에 손을 대야 하는 태그 아웃보다 수비수 입장에서는 훨씬 쉽겠죠? 이것을 포스 아웃(Force Out)이라고 합니다.

야구에서 많이 보는 장면 중 하나가 타자가 땅볼을 치고 1루로 달려가고, 수비수는 공을 잡아 1루로 던지는 모습인데요. 이때 1루에 있던 수비수가 타자가 1루에 도착하기 전에 공을 받으면 태그를 하지 않았는데도 아웃이 됩니다. 포스 아웃이 된 거죠.

이 외에도 포스 아웃이 적용되는 여러 경우가 있는데요. 자세히 파고들면 꽤 어려운 규칙입니다. 가끔 심판들도 헷갈릴 정도니까요. 지금은 이런 개념이 있다는 정도만 알아두어도 충분합니다.

▌ 더블 플레이

보통 아웃은 하나씩 잡지만, 수비팀이 한 장면에 2개, 심지어 3개의 아웃을 잡아낼 때도 있습니다. 2개의 아웃을 한꺼번에 잡는 것을 '병살' 또는 '더블 플레이'라고 합니다.

병살이 가능한 이유는 타자뿐만 아니라 주자도 언제든 아웃될 수 있기 때문입니다. 병살이 되려면 루상에 주자가 1명 이상 있어야 합니다.

만약 1루에 주자가 있는 상태에서 타자가 공을 쳤다면, 1루 주자는 반드시 2루로 가야 합니다. 이때 수비수가 공을 재빨리 잡아 1루 주자가 2루에 도달하기 전에 2루에 있는 동료 수비수에게 던져 아웃시키고, 타자 역시 1루에 도달하기 전에 1루에 있던 수비수에게 공을 던져 아웃시키면 두 명 모두 아웃되는 것입니다.

수비팀이 이러한 과정을 더욱 빠르게 진행하면 3개의 아웃을 한 번에 잡는 것도 드물지만 가능합니다.

병살이 발생하는 타구를 병살타라고 합니다. 타자는 자신으로 인해 한 번에 아웃 카운트가 2개나 생기니 가장 치기 싫은 타구 중 하나입니다. 공격팀 입장에서는 주자가 있을 때는 기회이기도 하지만, 병살타를 칠 수도 있으니 조심해야 합니다.

안타? 홈런? 뭐가 다른 거지?

야구의 꽃은 홈런이라고 하죠? 딱 하는 시원한 소리와 함께 관중의 환호성 속에 담장을 훌쩍 넘기는 홈런의 짜릿함은 야구 경기의 하이라이트입니다. 홈런을 치면 바로 점수를 얻을 수 있으니 승리에 더 가까워질 수 있고요.

타자 입장에서는 나올 때마다 홈런을 치면 참 좋겠지만, 한 선수가 1년에 20개 정도만 홈런을 쳐도 많이 친 걸로 인정 받을 정도로 홈런을 치는 건 쉽지 않습니다. 그래서 홈런보다는 다른 방법을 통해 점수를 얻는 경우가 훨씬 많아요.

여기서는 홈런을 포함해 공격팀이 출루하고 점수를 내는 방법에 대해 알아볼게요. 이때 기억해야 할 기본 원칙은 1개의 루에는 1명의 주자만 있을 수 있다는 것!

■ 타순

야구에서는 9명의 타자가 정해진 순서대로 나오는데요. 타자들이 나오는 순서를 타순이라고 합니다. 순서는 수비 포지션에 상관없이 마음대로 정할 수 있어요. 경기 전에 정해 제출하게 되어 있고요. 이렇게 제출된 타순은 경기 중에 바꿀 수 없습니다.

타순은 팀의 상황에 따라 달라 정해진 건 없어요. 다만 타순마다의 특성에 따른 대략적인 공통점은 있어요.

1번 타자부터 순서대로 나오니까 앞에 있는 타순일수록 더 자주 타석에 나오게 되잖아요. 1번이나 2번 타자는 어떤 식으로든 자주 출루해 찬스를 많이 만들 수 있는 선수들이 배치되고요. 3번, 4번, 5번 타자는 이렇게 출루한 선수들을 활용해 점수를 낼 수 있는 타격이 강한 선수들이 기용되는 식이죠. 그래서 4번 타자가 팀에서 타격이 가장 강한 타자를 상징하기도 합니다.

이런 특성을 고려할 때 1번부터 5번 타순에 나오는 타자들이 다른 타순에 나오는 타자들보다는 좀 더 타격이 뛰어난 선수들이니까요. 이 타자들이 나오는 이닝에는 좀 더 기대하고 경기를 지켜보면 되겠죠?

저도 선수 시절에 경기마다 다양한 타순에 배치가 되었는데요. 2번이나 5번, 6번 타순에 비교적 많이 나왔던 것 같습니다. 타자들은 내가 어떤 타순이냐에 따라 마음가짐도 좀 달라지는 것 같아요. 크게 한방을 노리기보다는 어떻게든 출루하는 것에 초점이 맞춰지기도 하고, 삼진을 당할 위험이 커지더라도 제대로 노려 점수를 내는 것에 집중할 때도 있습니다.

■ 안타

타자가 투수가 던진 공을 잘 쳐서 수비수가 잡지 못하는 곳으로 보내고, 수비수가 잡은 공이 베이스에 오기 전에 도착하면 안타가 됩니다. 공을 친 타자가 1루까지 가면 보통 그냥 안타라고 부르고요. 2루까지 가면 2루타, 3루까지 가면

3루타입니다. 담장을 넘기면 홈런이죠. 그러니까 홈런도 안타에 포함되는 거죠. 수비수가 잡을 수 없는 곳으로 깊숙이 보낼수록 타자는 더 멀리 갈 수 있습니다.

안타를 쳤을 때 루상에 주자가 있다면 주자는 다음 루로 진루를 할 수 있습니다. 예를 들어 1루에 주자가 있을 때 타자가 안타를 쳤다면 타자가 1루로 오니까 주자는 무조건 2루로 가야 하는 거죠. 꼭 2루까지만 가는 건 아니고 수비수가 공을 던지는 게 늦을 거 같다면 3루, 홈까지도 뛸 수 있습니다.

주자가 홈을 밟을 때마다 점수가 인정됩니다. 홈런을 치면 타자를 포함해 루에 있던 모든 주자가 홈으로 들어올 수 있죠. 1루와 2루, 3루에 모두 주자가 있을 때 홈런을 치는 걸 만루홈런이라고 해요. 공격팀은 3명의 주자와 타자가 모두 홈에 들어오므로 무려 4점의 점수를 한 번에 얻을 수 있습니다.

■ 4구

꼭 안타를 쳐야 출루를 할 수 있는 건 아닙니다. 투수와 상대할 때 볼 4개를 얻어내면 타자는 1루로 출루할 수 있어요. 이것을 볼이 4개라고 해서 볼넷, 포볼(Four Ball)이라고 부릅니다. 안타와 마찬가지로 1루에 주자가 있다면 그 주자는 자연스럽게 2루로 진루하고, 타자가 1루로 출루합니다.

만약 주자가 2루에 있다면 어떻게 될까요? 1루가 비어 있으므로 주자가 비켜주지 않아도 타자가 1루에 갈 수 있으니 주자는 움직이지 않고 타자만 1루로 출루하게 됩니다.

이 때문에 '밀어내기 점수'라는 게 생겨나는데요. 1루, 2루, 3루에 모두 주자가 있는 상황에서 볼넷이 발생하면 전부 한 베이스씩 진루해야 하겠죠? 그러면 3루에 있던 주자가 홈으로 들어오게 되므로 볼넷만으로 공격팀은 점수를 1점 얻습니다. 수비팀에게는 무척 답답한 상황이죠.

그리고 '자동 고의4구'라는 게 있습니다. 투수가 어떤 타자를 상대하기 까다로울 때 일부러 4구를 주어 출루를 시키고 다음 타자를 상대하는 전략입니다. 예전에는 투수가 타자가 칠 수 없는 곳으로 멀리 공을 던지는 식으로 4개의 볼을 채워야 했어요. 지금은 시간 절약을 위해 수비팀 감독이 심판에게 이야기하면 투수가 굳이 공을 던지지 않아도 4구 처리가 되어 타자가 자동으로 출루합니다.

■ 몸에 맞는 볼(사구)

투수가 던진 공이 타자의 몸에 맞는 경우가 있습니다. 여러 가지 용어가 있지만 우리는 그냥 '몸에 맞는 공'이라고 표현해요. 공식 명칭은 '사구(死球)'입니다. 볼넷의 4구는 숫자 4이고, 여기서 사는 '죽을 사'자입니다. 죽은 공이란 뜻이죠. 이때는 4구(볼넷)와 마찬가지로 타자는 바로 출루할 수 있고 밀어내기 같은 방식도 똑같이 적용됩니다.

사람이 하는 일이다 보니 투수가 실수로 타자를 맞히는 건 경기마다 자주 있는데요. 가끔 고의로 투수가 타자를 맞히는 일이 있어 문제가 생기곤 하죠.

기본적으로 공을 맞으면 아프고 다칠 수가 있으니까요. 출루의 기회를 얻는다고 해도 몸에 공을 맞는 걸 좋아하는 선수는 없습니다. 게다가 고의로 공을 맞았다면 더더욱 불쾌한 마음이 들 수밖에 없고요.

최근 프로야구에서는 사구에 대한 규정을 엄격하게 적용해 투수가 던진 공이 타자의 머리에 맞았다면 즉시 투수를 퇴장시키고 있습니다. 아무리 실수라도 머리에 공을 맞는 건 너무 위험한 일이니까요.

어린이날 대소동

저도 몸에 맞는 공 때문에 상대 투수와 다툼이 있었습니다. 부끄러운 일이지만 제 선수 생활 중 유일한 사건이라 짧게 소개할게요.

타자로 활동하면 어쩌다가 몸에 공을 맞는 일이 종종 있어 그 자체는 별로 문제 되지 않는데, 일부러 공을 맞혔다는 생각이 들면 순간적으로 화가 나거든요. 그날도 상대 투수가 명백히 제 몸에 의도적으로 공을 맞혔다는 판단이 되어 그 투수와 다소 거친 말과 가벼운 몸싸움을 주고받고 말았습니다.

그렇게 시비가 붙으니 저와 투수뿐만이 아니라 더그아웃에 있던 양 팀의 다른 선수들까지 우르르 나와 서로를 말리고 상황을 정리하는 광경이 펼쳐졌죠.

그런데 그날이 하필 어린이날이라… 많은 어린이 앞에서 감정을 다스리지 못한 모습을 보여 아직 죄송스럽게 생각하고 있어요.

팬들은 투수가 의도적으로 몸에 맞는 공을 던진 건지 아닌지 어떻게 알 수 있냐고 물어보시곤 하는데요. 평생 야구만 한 선수들이라 말하지 않아도 그 정도는 다 알 수 있습니다. 투수가 의도적으로 타자를 맞히게 되는 상황이라는 게 있거든요. 야구는 눈치게임!

그날 있었던 일처럼 선수들 간에 다툼이 벌어져 잠시 경기가 중단되는 상황을 벤치 클리어링(Bench-Clearing)이라고 합니다. 저도 실수했지만 팬들은 야구 경기를 보러 온 거지 싸움을 보러 온 것이 아니니, 선수들은 이런 모습을 보이지 않기 위해 노력해야겠죠.

■ 실책

타자가 충분히 수비수가 잡아 아웃을 시킬 만한 공을 쳤는데 수비수가 공을 놓친다든지 잘못 던지는 등의 실수를 해서 아웃을 못 시킬 수가 있겠죠. 이런 경우는 안타가 되는 건 아니고 '실책'이라고 별도로 기록합니다. 타자가 잘한 게 아니라 상대의 실수로 운 좋게 출루했다는 거죠.

타자 입장에서는 실책으로 출루하면 아웃되는 것보다는 출루했으니 다행이다 싶지만, 안타를 친 건 아니니 마냥 기쁘지만은 않습니다. 어쨌든 아웃이 될 것 같은 공을 쳤더라도 상대가 실수할 수도 있으니 타자는 항상 열심히 달려야 하는 겁니다.

실책은 꼭 타자가 공을 쳤을 때만 해당하는 건 아니고 수비 상황에서 상대에게 이득이 되는 실수를 수비수가 저질렀다면 모두 실책으로 기록이 됩니다. 실책은 기록에 남으므로 수비수의 실력을 판단할 때 실책의 개수가 중요한 근거로 작용하죠.

타자가 잘한 건지 수비수가 실수한 건지 모호한 상황도 있을 수 있는데요. 그날의 기록을 정리하는 기록원의 판단으로 실책 여부를 결정합니다.

▌파울

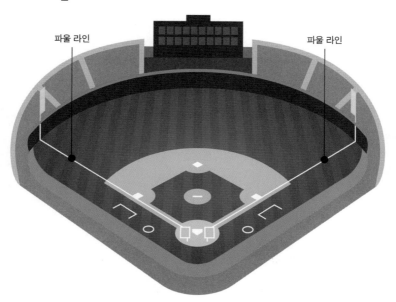

파울 라인   파울 라인

타자가 친 공의 결과가 안타 또는 아웃만 있는 건 아닙니다. 안타가 되려면 타자가 친 공이 위 그림에서 표시된 파울라인 안쪽으로 떨어져야 해요. 파울라인 안쪽을 페어 지역, 바깥쪽을 파울 지역이라고 부릅니다. 파울 지역으로 떨어지면 수비수가 잡지 못하더라도 안타가 되지 않고 다시 타격해야 합니다.

하지만 수비수는 파울라인 바깥쪽으로 나가는 공이라도 땅에 떨어지기 전에 잡으면 타자를 아웃시킬 수 있습니다. 그래서 파울라인을 벗어나는 공도 수비수들이 끝까지 쫓아가는 거죠.

파울라인은 담장을 넘어서도 적용되기 때문에 담장을 넘어간다고 해도 무조건 홈런이 되는 게 아니에요. 담장을 넘긴 큰 타구인데 아슬아슬하게 파울 라인을 넘어가 파울이 되면 '파울 홈런'이 됐다며 아쉬움의 큰 탄성이 나오죠.

파울 타구 만들기의 장인, 이용규 선수의 '용큐놀이'

키움 히어로즈에서 뛰는 베테랑 타자인 이용규 선수는 타격할 때 파울을 많이 만드는 것으로 유명한데요.

파울 타구를 많이 만드는 게 무슨 의미가 있을까요?

파울 선언은 일종의 무효 선언이기 때문에 투수와 타자는 다시 대결해야 해요. 파울 타구를 많이 만들수록 투수는 오랫동안 타자를 상대해야 해서 힘들어질 수밖에 없죠. 투수는 공 하나하나 던지는 데에 상당히 많은 에너지를 써서 공을 던질수록 힘이 빠지거든요. 반대로 타자는 투수가 공을 많이 던지게 하는 게 유리하고요.

이용규 선수가 계속 파울을 쳐서 투수의 진을 빼버리는 걸 팬들은 이용규 선수의 이름을 빗대 '용큐놀이'라고 부르며 재미있게 지켜보곤 한답니다. 아마 상대 투수들은 이용규 선수를 좋아하진 않겠죠?

▌ 희생타

가끔 경기를 보면 아웃이 되었는데 타자가 더그아웃에 들어가면서 막 칭찬을 받는 모습이 있습니다. 그 타자가 좌절하지 말라고 위로를 해주는 건 아니고요. 보통 희생타, 즉 자신을 희생해 주자를 진루시키거나 득점을 올렸을 때 타자의 공로를 인정해 주는 거죠.

타자는 자신이 출루하는 것도 중요하지만 이미 루상에 주자가 있다면 그 주자를 진루시킬 필요도 있습니다. 안타를 잘 쳐서 자신도 출루하고 주자도 진루하면 가장 좋겠지만, 그게 힘들다면 자신이 아웃되어도 주자를 진루시키는 방법을 선택할 수 있죠.

특히 3루에 주자가 있다면 그 주자를 1루만 진루시키면 득점을 올릴 수 있으므로 공격팀은 타자가 살아서 나가는 것만큼이나 주자의 진루에 신경을 쓰게 됩니다.

주자를 진루시켰다고 무조건 희생타가 되는 건 아닙니다.

타자가 희생타를 만드는 방법은 두 가지인데요. 먼저 '희생 플라이'가 있습니다. 주자가 3루에 있다면 타자가 공을 쳐서 외야로 멀리 보내 외야수가 잡는다면, 타자는 당연히 아웃이지만 외야수가 공을 잡는 순간 주자는 홈으로 뛸 수 있습니다. 타자가 공을 멀리 보내지 못하면 외야수가 재빨리 공을 던질 테니 주자가 쉽게 뛸 수 없겠죠? 이렇게 해서 주자가 득점에 성공하면 타자의 희생타가 인정됩니다(반드시 득점에 성공해야 희생타이며, 타자는 아웃되고 1루에서 2루, 2루에서 3루로 주자가 진루만 했을 경우에는 희생타가 아닙니다).

또 하나는 '희생번트'인데요. 타자가 방망이를 휘두르지 않고 가로로 접는 자세를 하고 가볍게 공에 갖다 대는 것입니다. 그렇게 하면 공이 멀리 가지 않고 내야를 데굴데굴 구르는 땅볼이 되어 그사이에 주자가 다음 루로 진루하기 쉽죠. 물론 타자는 대부분 아웃이 됩니다. 희생번트는 희생플라이와 달리 득점과 상관없이 주자를 진루시켰다면 인정됩니다.

저는 선수 시절에 나름대로 번트 고수였답니다. 하지만 번트를 대는 게 즐거웠냐고 묻는다면 제 대답은 '아니요'예요. 평범한 타격은 정해진 답이 없이 어떻게 치느냐에 따라 안타가 될 수도 있고 아웃이 될 수 있어요. 그런데 번트를 댈 때는 팀의 지시에 따라 이걸 꼭 성공시켜야 하는 상황이기 마련이라 부담감이 상당합니다. 쉬운 것 같지만 절대 쉽지 않은 게 번트예요.

희생타는 공격팀의 아웃카운트가 투아웃일 때는 별 의미가 없습니다. 타자가 아웃되면 바로 이닝이 끝나버리니까요. 타자가 아웃되더라도 아웃카운트가 남아 있어서 주자가 득점하거나, 다음 타자에게 찬스가 이어질 수 있을 때 희생타가 유효하다고 하겠습니다.

투아웃인데 번트를 댄 선수가 있다?

네, 바로 접니다. LG 트윈스에서 뛰던 마지막 해에 있던 일인데요. 투아웃 만루 상황에서 번트를 댔다가 아웃이 되어 허무하게 경기를 내줬던 기억이 있습니다. 투아웃에서 번트를 대지 않는 건 야구 선수들에게 상식이고 게다가 만루였으므로 번트보다는 무조건 안타를 쳐서 점수를 내야 하는 상황이었거든요.

물론 '기습번트'라고 해서 내야수들의 허를 찔러 타자도 살고 주자도 사는 번트도 있긴 하지만 확률적으로 쉽지 않은 방법이에요. 그때 무슨 마음으로 그랬는지 저도 모르겠습니다. 뭔가 해내야 한다는 엄청난 압박감이 오히려 이상한 행동으로 이어졌던 거 같아요. 지우고 싶은 기억 중 하나입니다.

엄청나게 혼나고도 남을 일이지만, 감독님과 선배님들은 제가 충격을 받았을까 되려 위로하고 격려해 주셨습니다. 특히 박용택 선수는 저를 따로 불러내길래 처음에는 크게 혼내시는 줄 알았더니, 맛있는 걸 사주며 의기소침하지 말라고 등을 두드려 주시더라고요. 그 따뜻한 마음에 힘입어 다음 경기는 조금 더 잘할 수 있었습니다.

투수, 포수, 내야수, 외야수

투수, 포수, 내야수, 외야수

투수와 포수

투수와 포수를 알기 위해서는 야구의 공격과 수비에 대해 다시 한번 이야기해야 하는데요.

공격과 수비가 나뉜 야구 경기에서 공격팀은 공격할 때 적게는 타자 1명, 많게는 주자 3명까지 합쳐 최대 4명이 나와 있을 뿐이지만 수비팀은 훨씬 많아요. 항상 9명이 나와 있습니다.

그렇다면 한 팀에는 공격하는 선수와 수비하는 선수가 각각 따로 있는 걸까요?

정답은 '아니다'입니다. 야구 선수는 공격과 수비를 모두 할 수 있어야 해 기본적으로 모든 선수는 타자이면서 수비수인 거죠. 초에는 공격을 위해 타자로 나섰다면 말에는 수비를 위해 수비수가 되는 겁니다.

즉, 경기에 선발 출전한 9명의 선수가 초와 말을 오가며 공격도 했다가 수비도 했다가 합니다.

야구에서는 출전한 선수가 한번 교체가 되면 그 경기에는 다시 나올 수가 없어요. 교체가 자유롭다면 수비할 때는 수비 잘하는 선수를 썼다가, 공격할 때는 그 선수를 교체해 타격을 잘하는 선수를 썼다가, 다시 수비할 때가 되면 수비 잘하는 선수를 기용하는 식으로 계속 선수를 돌려가며 경기를 할 수 있겠지만 그렇지 않아 공격과 수비를 두루두루 잘하는 선수가 필요한 거죠.

공격할 때 타순에는 왜 타자가 9명이 배치될까요? 수비 포지션이 9개이기 때문에 그 포지션을 하나씩 맡은 선수들이 그대로 타자가 되어 9명이 되는 겁니다.

한 명의 선수는 상황에 따라 타자도 되었다가 주자도 되었다가 수비수도 되었다가 역할을 바꿔가며 한 경기를 뜁니다. 그에 맞는 각각의 준비와 훈련을 해야 하는 것이고요.

선수마다 자기가 잘하는 포지션을 한두 개 가지고 있습니다. 저 같은 경우는 조금 특이하게 선수 생활을 하며 매우 많은 수비 포지션을 경험했는데요. 실제로 투수를 제외하면 야구에 존재하는 모든 수비를 해본 선수가 저입니다.

수비 포지션에 따라 필요한 글러브가 달라 글러브도 여러 개를 준비해 다녔던 기억이 아직도 생생한데요. 경기를 보면 선수마다 끼고 있는 글러브가 제각각인 것도 이 때문입니다.

이처럼 수비를 할 때 자기 전문 포지션을 계속 소화하는 선수도 있지만 팀의 상황에 맞춰 여러 개의 포지션을 맡는 선수들도 있습니다.

선수 시절에는 하나의 포지션에 집중하지 못한 것이 좀 아쉽기도 했습니다. 은퇴하고 누군가를 가르치는 입장이 되니 다양한 경험을 쌓은 것이 오히려 장점이 되고 있답니다. 또 팬들이 저를 포지션을 가리지 않고 팀을 위해 열심히 뛰어준 선수로 기억해 주시는 것 같아 감사한 마음도 있고요. 그러면 야구의 수비 포지션 중 투수와 포수부터 살펴볼게요.

■ 특별한 존재, 투수

투수도 수비수인가요? 묻는 분들이 계실 텐데 투수도 수비
수입니다. 다만 다른 수비수에 비해 타자를 집중적으로 상
대하는 특수한 역할을 맡고 있을 뿐이죠. 어쨌든 투수도 공
이 날아오면 수비를 해서 주자를 아웃시켜야 하는 의무가
있습니다.

그리고 투수는 여러 수비 포지션 중에 유일하게 타자를 하
지 않고 수비만 하는 포지션입니다. 리그 규칙에 따라 투수
가 타자를 하는 경우도 있지만 우리나라를 포함해 야구 리
그를 운영하는 대부분의 국가가 투수는 타자를 하지 않고
투수만 하는 것을 허용하고 있습니다. 물론 원한다면 투수
가 타격을 할 수도 있지만 보통 투수는 투수만 잘하는 것도
힘들기 때문에 타자까지 병행하지 않죠.

오타니가 유명한 이유! 그리고 지명타자(DH)

야구 초보자도 메이저리그에 진출해 연일 화제인 일본인 선수 오타
니 쇼헤이의 이름은 알 것 같아요.

오타니 선수는 왜 그렇게 인기가 많은 걸까요? 얼굴이 잘생겨서 그럴 수도 있지만 핵심은 뛰어난 야구 실력이겠죠. 그것도 '특별한 방식'으로 잘하기 때문에 오타니 선수에게 많은 이들이 열광하는 것입니다.

투수는 특수한 포지션이기 때문에 타격을 하지 않고, 어쩔 수 없이 타격하더라도 잘하지 못하는 게 일반적인데요. 오타니 선수는 놀랍게도 투수와 타자 모두 최고의 성적을 내고 있어 미국 야구 역사를 통틀어도 투수와 타자를 모두 이 정도로 잘하는 선수가 없었다고 해요. 단순히 야구를 잘하는 게 아니라 이제까지 누구도 도달하지 못한 방식으로 잘해서 큰 화제가 되고 있다고 보시면 됩니다.

오타니 선수가 아닌 이상 투수들의 타격 실력은 형편없어 감독들은 규칙이 허락한다면 투수가 나올 타석에 타격을 잘하는 선수를 기용하는데요. 9명의 타자 중에 이 선수는 수비를 하지 않고 오로지 타자만을 하기 위해 나오는 선수이고, '지명타자(영어 약자로 DH)'라고 부릅니다. 남들보다 뛰어난 타격 실력을 갖춰야 경기에 나올 수 있겠죠. 선수 생활을 시작할 때부터 지명타자를 하는 경우는 없고, 처음에는 수비 포지션을 가지고 야구를 하다가 여러 가지 상황상 타격에 전념하는 것이 좋다고 판단될 때 지명타자 역할을 하게 되는 경우가 대부분입니다.

저는 지명타자라고 하면 가장 먼저 떠오르는 선수가 최강 야구에 함께 출연 중인 한국 야구, LG 트윈스의 레전드이자 존경하는 선배인 박용택 선수인데요. 박용택 선수도 원래는 자기 수비 포지션이 있었지만 팀 상황에 맞춰 점차 지명타자로 많이 출전했습니다. 박용택 선수는 한국 야구 역대 모든 선수를 통틀어 가장 많은 안타를 치면서 타격에 있어서는 역사에 한 획을 그은 선수이니, 어떤 선수가 지명타자를 하는지 감이 오시죠?

투수가 타자로, 타자가 투수로 되는 장면을 본 당신은 야구찐팬!

야구에서 타자와 투수가 구분된 특징이 때로는 재미있는 장면을 연출하기도 하는데요. 경기가 길어져 더 이상 투수로 나올 선수가 없을 때 임시방편으로 타자가 투수를 맡기도 하고, 반대로 타자가 없을 때 투수가 타자로 나오기도 합니다. 흔한 장면은 아니지만 야구를 많이 보다 보면 한두 번은 보게 되는 장면이라, 이런 광경을 보았다면 당신을 야구찐팬으로 임명합니다!

팬들은 평소 투수로만 알던 선수가 타자로 나와 어설프게 방망이를 휘두르거나, 타석에서 보던 선수가 어색한 포즈로 마운드에서 공을 던지는 색다른 모습을 재미있어하시는 것 같아요. 그런 매력 때문인지 프로야구 올스타전 같은 이벤트 경기에서는 투수와 타자가 역할을 바꿔 경기하는 것을 종종 볼 수 있습니다.

■ 온갖 일을 다하는 살림꾼! 포수

포수는 홈플레이트 뒤에 앉아 주로 투수의 공을 받는 역할을 합니다. 중계 화면을 보면 가장 많이 보게 되는 수비수가 아닐까 싶네요. 공에 맞을 수 있어서 여러 가지 보호장비를 차고 경기를 합니다.

포수의 가장 중요한 일은 투수와 잘 소통해 좋은 공을 던지게 하고 타자를 아웃시키는 것입니다. 공은 투수가 던지는 건데 포수가 상관이 있냐고요?

극단적으로 얘기하면 어떤 공이 던져질 때 머리 역할은 포수가 하고, 투수는 그저 공을 던지는 몸이라고 할 정도입니다. 투수가 주도하는 경우도 있지만 대체로 포수의 리드에 맞춰 투수가 공을 던지게 됩니다.

머리가 안 좋으면 몸이 고생한다고 하는 말이 여기에도 적용이 됩니다. 좋은 포수를 만나면 투수도 더 좋은 공을 던질 수 있지만, 반대의 경우라면 좋은 공을 가지고도 난타당할 수 있는 거죠.

포수가 투수의 연습 투구를 받아보면서 투수의 컨디션을 파악하고, 또 상대 팀 타자의 장점과 약점을 분석하면서 이 상황에서 어떤 공이 좋을지 종합적으로 판단해 사인을 보내면 투수가 거기에 맞춰 공을 던지는 게 투구의 기본 과정인데요.

이런 걸 생각하면 포수는 단순히 공 받는 사람이 아니라 머리도 좋고 야구를 잘하는 사람이어야겠죠.

포수의 역할은 이게 끝이 아닙니다. 야구 경기를 보면 바로 알 수 있는 사실인데요. 다른 모든 수비수는 타자를 바라보는 방향으로 서 있는데 유일하게 포수만 반대편, 투수를 바라보는 방향으로 앉아 있어요.

포수는 전체 수비수들을 바라볼 수 있는 위치에 있고, 주자들의 움직임을 포착하기도 상대적으로 쉬워 수비 위치를 조정하거나 주자를 견제하는 역할도 합니다. 바쁘고 바쁩니다.

저도 선수 생활에 2번 정도 포수를 경험했습니다. 긴 시간은 아니었지만 힘들더라고요. 포수는 경기 내내 쪼그려 앉아서 공을 받고, 다른 수비수들과 주자를 계속 살피고, 투수한테 공을 수백 번 던져주고, 끊임없이 머리를 쓰면서 사인을 보내야 하고 하다 보니 체력 소모가 많고 무척 어려운 포지션입니다.

무엇보다 포수를 하니 툭 하면 공이 몸에 맞는 일이 생겨 보호 장비를 차고 있어도 몸이 항상 멍투성이가 되더라고요. 보통 맷집으로 감당할 수 있는 포지션이 아니다 싶었습니다.

과거에 어떤 선수가 야구 관련 다큐멘터리에서 '투수가 귀족이라면 포수는 거지다'라고 비유했는데요. 야구를 해본 사람이면 제법 공감할 만한 말입니다.

제가 프로에 처음 입단했을 때만 해도 포수들은 거지라는 표현이 어울릴 만큼 고생은 고생대로 하고 대우도 잘 받지 못하곤 했는데요. 요새는 포수의 가치를 모든 구단이 인정하는 까닭에 투수에 버금갈 정도로 연봉 등에서 인정받는 포지션이 되었습니다.

그렇다고 하는 역할이 덜 힘들어진 건 아니니 팬들이 포수
들에게 많은 응원을 보내주시면 좋겠습니다.

타자도 상대 팀 포수의 영향을 받는다

말씀드린 대로 투수는 포수의 리드에 따라 공을 던지다 보니, 타자도
어떤 포수가 옆에 앉아 있는지에 따라 타격에 영향을 받기도 합니다.
제가 선수 생활을 할 때는 지금은 코치로 활동 중인 박경완 포수의
리드가 정말 어려웠습니다. 어떤 투수를 상대하든지 포수가 박경완
선배면 제가 예상했던 공과 정반대의 공이 날아와 고전을 면치 못했
습니다. 반대로 삼성 라이온즈에서 뛰는 강민호 선수가 포수일 때는
상대적으로 좋은 타격을 했던 기억이 납니다.
팬의 관점에서는 경기를 볼 때 그날의 포수가 누구인지 먼저 살펴보
는 것도 야구를 깊이 있게 볼 수 있는 방법입니다.

헬멧 + 마스크

프로텍터
(몸통 보호대)

렉가드
(무릎, 정강이 보호대)

투수와 포수의 은밀한 관계

투수와 포수는 경기 내내 사인과 공을 주고받기에 서로 대화를 많이
나누고 가깝게 지낼 수밖에 없습니다. 그러다 보니 어떤 투수는 자기
가 나올 때 자기와 잘 맞는 특정한 포수가 출전하기를 원하기도 하죠.
경기장 뒤에서도 투수와 포수는 둘이 꼭 붙어서 얘기도 자주 하고 격
려하는 장면이 자주 목격되는데요. 투수와 포수의 사이가 좋을수록
좋은 성적을 기대할 수 있겠죠? 투수와 포수의 조합을 '배터리'라고
하는데요. 우리가 아는 그 배터리와 같은 말입니다.

내야를 지키는 4명, 내야수

야구 그라운드에서 안쪽의 작은 부채꼴이 내야입니다. 이 영역을 집중적으로 수비하는 역할을 맡은 수비수들이 내야수입니다.

내야수는 총 4명입니다. 각각의 루 주변을 수비하는 1루수, 2루수, 3루수가 있고요. 이외에 2루수와 3루수 사이를 수비하는 유격수가 한 명 더 있습니다. 보통 1루수와 3루수는 1루 베이스와 3루 베이스 가까이에 서 있고요. 2루수는 1루와 2루 사이, 유격수는 2루와 3루 사이에서 수비를 합니다.

내야는 외야와 달리 베이스가 있잖아요. 단순히 타자가 친 공을 잡는 것 외에도 다른 수비수가 던진 공을 받아서 주자를 아웃시키는 등 외야수보다는 좀 더 여러 가지 역할을 해야 합니다. 그래서 팀의 수비가 좋아지려면 내야수들의 수비력이 중요합니다.

내야와 외야 모두 수비 위치는 규칙으로 정확하게 정해놓은 것은 아니어서 수비수들은 상황에 따라 수비 위치를 어느 정도 변경할 수 있습니다. 경기를 보다가 내가 알던 위치와 다른 곳에 수비수가 서 있어도 놀라지는 마세요. 다만 그렇다면 뭔가 특별한 상황이 펼쳐지고 있을 확률이 높으니, 무슨 상황인지 흥미진진하게 지켜보시면 됩니다.

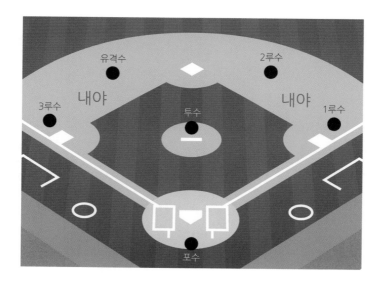

■ 공 받는 능력이 중요! 1루수

1루를 중심으로 수비하는 1루수는 타자가 친 공보다는 우리 팀 수비수가 던진 공을 받는 일이 더 많습니다. 왜냐하면 모든 타자는 공을 치고 1루부터 달려가야 하잖아요? 이 타자를 아웃시키기 위해 다른 내야수들이 빠르게 공을 잡아 1루수에게 공을 던지게 되고요.

또 타자가 출루하면 일단 1루 주자로 있는 경우가 많은데요. 투수가 견제구를 던질 때도 주로 1루수에게 던지게 되어 역시 안정감 있게 잡아주는 역할이 강조됩니다.

1루수는 사용하는 글러브도 다른 내야수와 달라요. 공을 최대한 잘 잡을 수 있는 크고 깊은 글러브를 씁니다. 1루수가 쓰는 글러브를 1루 미트라고 합니다.

다른 내야수도 공을 안정감 있는 글러브를 쓰면 좋지 않냐고요? 다른 내야수는 공을 잡는 것만큼이나 글러브에서 공을 빨리 꺼내 다른 곳에 던지는 것도 중요하기 때문에, 깊은 글러브를 쓰면 공을 빼내기가 쉽지 않아요. 1루수는 잡은 공을 빠르게 꺼내 다른 곳에 던지는 경우가 드물어 깊은 글러브를 써도 되는 것이죠.

또 1루수는 일단 좀 덩치가 큰 게 좋습니다. 우리가 누군가한테 공을 던져줄 때 덩치가 작은 사람보다는 큰 사람한테 던지는 게 아무래도 안정감이 있고 더 잘 잡아줄 거 같잖아요? 실제로도 팔이 길고 키가 큰 사람이 약간 벗어나는 공이 와도 잘 잡을 수 있겠죠.

1루수는 공을 잘 받기만 하면 상대적으로 수비 부담이 크지 않아 수비력보다 타격이 뛰어난 선수들이 배치되는 포지션이기도 합니다. 둘 다 잘하는 선수도 당연히 있고요.

최강 야구에서는 '조선의 4번 타자'라는 별명으로 유명한 롯데 자이언츠의 상징적 타자 이대호 선수가 1루수로 많이 나옵니다. 이대호 선수 역시 키가 190cm 중반인 우리나라의 대표적인 거구 야구 선수 중 한 명이었는데요. 그만큼 1루수로 좋은 자질을 가졌다고 할 수 있겠습니다.

■ 재치만점 2루수

2루수는 1루와 2루 사이를 수비하며 상황에 대한 판단력이 좋은 선수들이 주로 배치됩니다. 2루수의 중요성은 야구를 알면 알수록 잘 이해할 수 있는데요. 야구 경기를 보면 2루수가 매우 다양한 역할을 수행한다는 걸 파악할 수 있습니다. 유격수와 함께 팀 수비력의 척도가 되는 포지션이라고 할 정도죠.

1루수와 비교하면 2루수나 유격수는 체구가 작고 민첩한 선수들이 많아요. 글러브도 1루수가 쓰는 미트보다 작고 간결해요. 앞서 설명해 드린 대로 타자가 친 공을 잡아서 빠르게 1루에 던져야 하기 때문인데요. 2루수는 유격수, 3루수와 달리 몸을 틀어서 1루로 공을 던져야 할 때가 많아 더욱 수비가 어렵다고 할 수 있죠.

저도 프로에 진출해서는 여러 포지션을 소화했지만 기본적으로 내야수였고요. 그중에서 2루수로 가장 많이 뛰었습니다. 내야수를 담당했다는 것 자체가 어느 정도는 수비 실력이 있다는 뜻이거든요. 저 또한 실수를 많이 하는 선수는 아니었기에 수비에 있어서는 나쁘지 않은 실력을 보였다고 생각합니다.

우리나라를 대표하는 2루수를 떠올릴 때 은퇴한 선수임에도 정근우 선수를 떠올리는 야구팬이 많을 것 같습니다. 최강 야구에서 함께 하며 야구에 대한 열정부터 낙천적인 성격까지 참 배울 점이 여러 가지인 선수인데요. 대한민국 대표 2루수답게 야구에 대한 센스나 판단력이 정말 뛰어납니다. 한마디로 재간둥이라고 할까요? 2루수는 정근우 선수처럼 재빠르면서 순간순간 변하는 상황에 잘 대응하는 선수들이 맡는 수비 포지션입니다.

■ 수비대장 유격수

유격수는 9명의 수비수 중에서 가장 핵심이자 수비의 꽃이라고 할 수 있는 포지션입니다. 이유는 통계적으로 유격수 쪽으로 가장 많은 타구가 날아오기 때문인데요. 유격수가 수비를 잘하면 잘할수록 상대의 출루를 막고 아웃을 많이 잡을 확률이 올라가기에 어떤 팀이든 유격수의 수비력을 중요하게 생각합니다.

청소년 야구나 사회인 야구, 심지어는 야구 만화 같은 걸 봐도 팀 내에서 주장을 맡거나 야구를 제일 잘하는 선수가 유격수를 담당하곤 하니까요. 일종의 에이스 같은 이미지인 거죠. (저도 고등학교 때까지는 유격수였습니다만…)

프로야구에서는 유격수는 타격이 조금 떨어지더라도 수비를 잘하는 선수를 배치하기도 하고요. 유격수는 수비하면서 계속 몸을 날리는 등 체력 소모가 많다 보니, 유격수를 할 수 있는 선수라도 체력 부담을 줄여주기 위해 다른 포지션에 기용하기도 합니다.

아무튼 프로 구단에서 유격수를 담당하고 있다면, 그 선수는 정말 수비를 잘하는 선수라고 생각해도 무방합니다.

유격수는 LG 트윈스의 오지환 선수가 지금 우리나라를 대표하는 선수가 아닐까 싶은데요. 개인적으로 가까운 사이이기도 하고, 어려운 시기를 잘 넘어 리그 최고의 선수로 거듭난 정말 멋진 선수입니다.

오지환 선수는 화려하고 멋있는 수비를 펼치기도 하지만 기본적으로 실수가 적고 어떤 공이 날아오든 굉장히 편하게 처리하는 게 큰 장점입니다. 오지환 선수가 쉽게 하는 걸 다른 선수는 쉽게 할 수 없는 경우가 많거든요. 유격수가 수비를 잘한다는 게 어떤 건지 궁금한 초보 팬이라면 오지환 선수의 수비하는 모습을 살펴보시길 추천할게요.

키스톤 콤비

'키스톤 콤비'라는 말을 알고 있다면 사람들은 당신을 야구 고수로 바라볼 확률이 높습니다. 어렵지 않아요. 2루수와 유격수를 묶어 둘을 '키스톤 콤비'라고 부릅니다. 2루수와 유격수는 팀에서 가장 수비가 뛰어난 선수들이고 둘이 여러 가지 협동 플레이를 펼치기 때문에 특별히 붙은 별명 같은 거라고 보시면 됩니다.

■ 레이저 송구 발사! 3루수

야구 그라운드 모양을 보면 타석과 3루는 거리가 상대적으로 짧아요. 그래서 3루 쪽으로 오는 타구는 빠르고 강한 타구가 많아 3루수는 그런 공을 잘 처리할 수 있어야 합니다. 아니면 아예 빗맞아서 이상한 궤적을 그리며 굴러오는 어려운 타구를 자주 처리해야 하기도 하고요. 또 1루까지의 거리가 내야수 중에 가장 길어 이런저런 공들을 잘 잡아 빠르고 멀리 던질 수 있는 능력이 필요하죠.

3루수는 끝 쪽에 붙어서 수비를 하는 선수라는 건 1루수와 비슷하지만 1루수보다 훨씬 더 많은 공이 날아오고 송구를 할 일이 거의 없는 1루수에 비해 공을 잡아 먼 거리를 던져야 하는 상황이 잦아 2루수나 유격수만큼은 아니지만 좋은 수비력을 갖추고 있어야 합니다.

최강 야구에서 3루수로 뛰는 선수로 정성훈 선수가 있는데요. 은퇴 후 코치나 해설위원으로 활동한 세월이 꽤 되었음에도 최강 야구에서 뛰는 모습을 보면 레이저 같은 송구 능력이 여전히 인상적입니다. 뭔가 설렁설렁하는 것 같으면서도 결정적일 때 좋은 플레이로 팀에 보탬이 되는 모습을 보면 정성훈 선수의 별명이 왜 '야구천재'인지 알 것 같습니다.

외야를 지키는 3명, 외야수

외야수는 총 3명인데요. 타자를 기준으로 외야 가운데에 있는 선수가 중견수, 오른쪽에 있는 선수가 우익수, 왼쪽에 있는 선수가 좌익수입니다. 외야수는 내야수만큼 야수들 간의 차이가 크지는 않지만 각각의 위치에 따른 특징은 분명히 있습니다.

외야수도 물론 수비를 잘하면 좋겠지만 내야수보다는 수비 부담이 적어 보통 외야수는 내야수보다 타격 능력이 중시되곤 합니다. 다만 외야수는 내야까지 공을 길게 던져야 하는 상황들이 있어서 내야수보다 공을 멀리 던지는 능력은 더 뛰어난 게 좋습니다.

그리고 한 가지! 외야는 내야보다 훨씬 넓습니다. 만약 잡을

수 있는 공인데 잡지 못하는 실수를 하면 공이 한참이나 데
굴데굴 굴러갈 것이고, 그만큼 타자나 주자가 더 많이 진루
할 수 있는 시간이 있겠죠? 그래서 외야는 내야보다 수비는
쉽지만 실수하면 타격은 더 클 수 있는 곳입니다.

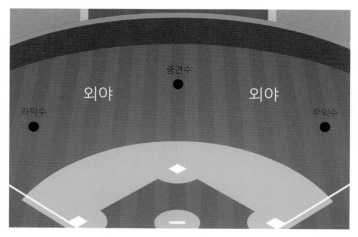

▌외야수의 리더, 중견수

내야수도 중앙에 있는 2루수와 유격수가 중요했듯이 외야수도 가운데에 위치한 중견수가 중요합니다. 책임져야 하는 수비 범위가 가장 넓어 발이 빨라야 하고요. 넓은 거리를 여러 차례 한참이나 뛰어야 할 수 있어 체력도 좋아야 해요. 그러므로 호리호리한 체격의 날렵한 선수들이 중견수를 주로 담당합니다.

우리나라에서 훌륭한 성적을 거두고 메이저리그에 진출한 이정후 선수가 바로 중견수죠. 이정후 선수 역시 빠른 발과 넓은 수비 범위, 뛰어난 타구 판단 능력을 갖추고 있으며, 외야수답게 타격 능력이 뛰어나 중견수로 활약하기에 손색이 없는 선수라고 할 수 있습니다.

▌강한 어깨 필수, 우익수

우익수는 중견수와 마찬가지로 외야수에게 필요한 여러 요소를 요구하지만, 중견수보다는 수비 부담은 적습니다. 대신 우익수는 공을 멀리 빠르게 던질 수 있는 강한 어깨가 필요한데요. 왜냐하면 달려가는 주자를 아웃시키기 위해 공을 3루까지 던져야 하는 경우가 있기 때문이죠. 그라운드의 모양을 떠올려 보세요. 우익수가 서 있는 위치에서 3루까지는 상당히 멀죠? 공을 던지려면 거의 야구장 끝에서 끝까지 공을 던지는 느낌이라 정말 멀리 던져야 합니다.

우익수는 은퇴선수이긴 하지만 '국민 우익수'라는 별명을 달고 있는 이진영 코치를 소개하지 않을 수 없네요. 이진영 코치는 원래 투수 출신이라 워낙 강한 어깨를 가지고 있고 국가대항전에서 좋은 수비를 여러 차례 보여주면서 국민 우익수 별명을 얻게 되었습니다.

▪ 수비보다는 타격! 좌익수

좌익수는 중견수, 우익수와 비교할 때 가장 수비 부담이 적은 외야수입니다. 수비 범위에 대한 부담은 우익수와 비슷하지만 우익수처럼 멀리 공을 던져야 할 일이 상대적으로 적죠. 우익수에 비해 좌익수는 3루가 훨씬 가까워 우익수만큼 어깨가 강하지 않아도 괜찮습니다.

그래서 좌익수는 타격이 뛰어나 선발로 나서야 하지만 수비력은 그다지 강하지 않은 선수들이 배치될 때가 많습니다. 기아 타이거즈에서 타격에서 훌륭한 성적을 내는 중인 최형우 같은 선수들이 그 예입니다.

다만 좌익수나 우익수라고 해도 중견수보다 수비가 마냥 쉬운 것만은 아닌데요. 좌익수나 우익수 쪽으로 날아오는 타구는 타구가 휘어져 날아올 때가 있어 공을 한 번에 잡기 까다롭기도 합니다. 똑바로 날아오는 공보다는 나와 먼 쪽으로 점점 멀어져 가는 공을 쫓아가기가 더 어려우니까요.

그래서인지 선수들에게 설문조사를 해보면 우익수나 좌익수보다는 중견수를 맡고 싶어 하는 선수가 많아요. 중견수에게 요구되는 능력치가 많다고는 하지만 막상 수비를 할 때는 날아오는 공의 궤적 같은 게 다른 외야수보다 조금 더 처리하기 쉬운 거죠.

이렇게 중견수와 우익수, 좌익수를 살펴보았는데요. 야구 경기를 볼 때 선발 명단을 보고 어떤 선수들이 외야수로 나왔는지 타격 성적과 함께 살펴보면 더 재미있겠죠? 예를 들어 좌익수로 나온 선수인데 타격 성적이 형편없다면, 그 팀은 현재 좋은 타격을 하는 선수가 부족하다는 뜻으로 풀어볼 수도 있겠죠. 이런 해석이 가능할 정도라면 그 사람은 야구 고수 아닐까요?

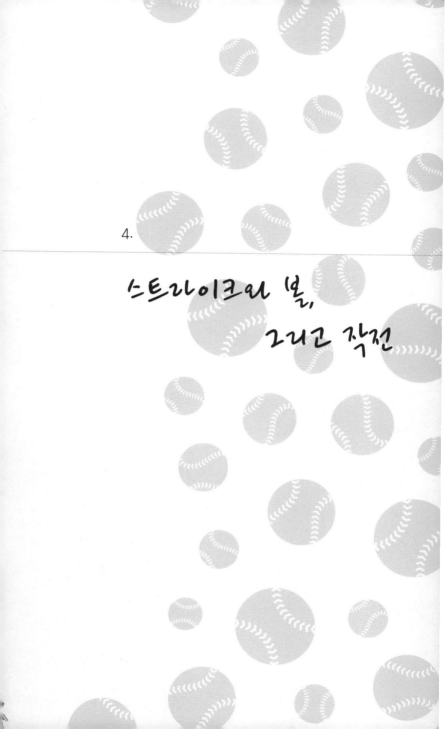

4.

스트라이크와 볼,
그리고 작전

스트라이크와 볼, 그리고 작전

스트라이크와 볼은 무엇이 다를까?

야구를 보면 가장 먼저 보게 되는 장면이 타자와 투수의 대결이고요. 이 대결의 승패를 가름하는 중요한 요소가 바로 스트라이크와 볼이죠.

그림에서 보는 스트라이크 존으로 투수가 공을 던졌을 때 타자가 치지 못하면 스트라이크로 판정됩니다. 스트라이크 존은 쉽게 말해 타자가 가장 치기 좋은 영역입니다. 그곳으로 투수가 공을 던졌는데 타자가 치지 못했다면 스트라이크, 타자에게 불리한 상황으로 치겠다는 거죠.

프로야구 스트라이크 존

어깨

상한선
어깨와 허리선의 중간

스트라이크 존
(Strike Zone)

허리

하한선
1998년부터 적용

무릎 위
무릎 아래

반대로 투수의 공이 스트라이크 존을 벗어나 타자가 치기 힘든 곳으로 들어왔다면 볼입니다.

어디로 공이 들어왔든 타자가 방망이를 휘둘렀는데 치지 못했다면 무조건 스트라이크가 됩니다. 또 방망이에 공을 맞혔더라도 파울이 되면 스트라이크입니다.

정리하면 스트라이크 존에 공이 들어왔는데 타자가 치지 않고 지켜보기만 하거나, 투수가 던진 공을 헛스윙하거나, 친 공이 파울이 된다면 스트라이크가 되는 거죠. 나머지 경우는 볼입니다.

경기하는 모습을 보면 스트라이크일 때는 심판이 스트라이크라고 콜을 하는데 볼일 때는 가만히 있어요. 심판이 외치면 스트라이크, 가만히 있으면 볼입니다.

스트라이크 3개가 되면 삼진이 되면서 타자는 아웃이 되고요. 볼이 4개가 되면 볼넷이 되어 타자는 출루합니다.

한 가지 알아두어야 할 점은 투 스트라이크 상황에서 파울을 치면 원래는 파울도 스트라이크라서 삼진 아웃이 되어야겠지만, 파울로는 삼진 아웃이 되지 않는다는 것입니다. 그러니 투 스트라이크 전까지는 파울을 치면 스트라이크 판정을 받아 타자 입장에서 손해지만, 이후에는 아무리 파울을 많이 쳐도 상관이 없는 거죠.

투수와 타자의 대결에서 타자는 스트라이크 3개가 되기 전에 타격하든지 볼을 잘 골라 출루해야 하고, 투수는 볼넷을 주지 않고 스트라이크를 던지거나 타자가 헛스윙하도록 유인해 타자를 아웃시켜야 하는데요.

추가로 타자가 공을 치는 건 스트라이크든 볼이든 상관이 없습니다. 스트라이크 존으로 들어오는 공이 좀 더 치기 쉽겠지만, 안타가 될 수 있다면 볼을 쳐도 됩니다. 냅둬도 되는 볼을 굳이 쳐서 아웃이 되면 조금 억울하긴 하겠지만요.

이 대결에서는 현재 스트라이크가 몇 개고, 볼이 몇 개인지 카운트하는 게 중요하겠죠? 중계 화면이든 전광판이든 스트라이크와 볼 상황에 대해 실시간으로 표시를 해주는 이유입니다.

볼

스트라이크

아웃

개수

이제 볼카운트를 보면 투수와 타자 중 누가 더 유리한 상황인지 알 수 있을 겁니다. 투 스트라이크인데 볼은 하나도 없다면? 스트라이크를 하나만 더 잡으면 삼진 아웃이니 투수가 유리하죠. 스트라이크가 하나도 없는데 볼이 세 개라면? 당연히 볼 하나만 더 얻으면 출루하는 타자의 페이스입니다.

볼이 세 개라고? 이순신 모드 ON!

볼카운트가 볼이 세 개인데 스트라이크가 하나도 없다면 타자는 어떤 선택을 하는 게 좋을까요? 볼넷을 내주기 싫은 투수는 반드시 다음 공은 스트라이크를 던질 확률이 높으니 쳐야 할까요?

이론적으로는 그렇지만 현실은 그렇지 않아요. 투수는 네 번째 공을 스트라이크를 던지고 싶지만 그러지 못할 확률도 꽤 높거든요. 훈련받은 투수라고 해도 항상 자기가 던지고 싶은 대로 공을 던지지는 못합니다.

그리고 방망이에 공을 맞힌다고 꼭 안타가 된다는 보장도 없으니 볼이 세 개라면 타자들은 볼넷으로 출루할 수 있기를 기대하며 공 하나 정도는 그냥 흘려보내게 됩니다. 이걸 선수들끼리는 '이순신'이라고 합니다. 무리수를 두기보다는 이순신 장군처럼 딱 버티고 서 있기만 하자는 거죠.

투수는 스트라이크를 잡아야 타자를 아웃시킬 수 있으니 스트라이크 존 안에 공을 정확히 던지는 능력을 갖춰야 합니다. 아무리 빠르고 강한 공을 던지더라도 볼만 계속 던진다면 타자는 가만히 서 있어도 출루할 수 있으니 어려울 게 없죠. 자기가 원하는 곳에 공을 잘 던지는 투수를 보고 '제구력이 뛰어난 투수'라고 합니다.

저는 선수 생활 초기만 하더라도 타석에서 생각이 너무 많았습니다. 스트라이크를 1개만 당해도 초조해 제대로 스윙을 못 하곤 했죠. 스트라이크 2개라면 말할 것도 없고요. 그렇다고 처음부터 방망이를 휘두르기에는 자신이 없기도 했어요. 뭔가 투수의 공을 한 개라도 더 보고 쳐야 더 잘 칠 것 같았거든요. 그러면서 공을 계속 보내다 보니 불리한 볼카운트가 되어 제대로 실력 발휘를 못 하거나 삼진을 당하곤 했습니다.

베테랑이 되어서는 여유가 생겨 투수가 어떤 공을 던질지 예측을 할 수 있게 되었고요. 볼카운트가 불리하더라도 안타를 만들 수 있었고, 투수의 첫 번째 공(초구)부터 자신 있게 공략해 좋은 결과를 내기도 했습니다.

투수 입장에서는 첫 공을 스트라이크로 잡는 게 중요합니다. 그래서 특별한 상황이 아닌 이상 1회에 처음 올라온 투수가 1번 타자에게 던지는 첫 번째 공은 스트라이크일 확률이 높습니다. 일종의 기선제압인 거죠. 반대로 타자 입장에서는 첫 번째 공부터 적극적으로 공략해야 기싸움에서 밀리지 않을 수 있어요.

투수가 자신 있게 첫 공을 스트라이크로 집어넣는다면 코칭 스텝은 안도의 한숨을 내쉬게 되죠. 경기를 볼 때 선발로 나온 투수가 첫 번째 공을 어떻게 던지는지 살펴보는 것도 그날의 경기 흐름을 예측하는 방법의 하나입니다.

스트라이크 존이라는 게 사람의 몸을 기준으로 판단해야 해서 스트라이크인지 볼인지 애매한 상황이 많을 수밖에 없어요. 저도 현역 때 도저히 스트라이크가 아닌 것 같은 공이 스트라이크 판정을 받아 억울할 때가 있곤 했는데요. 투수들도 마찬가지로 분명히 자기가 보기에는 스트라이크인데 볼 판정을 받아 난감하기도 했겠죠?

이 판정을 이제까지는 심판이 해오면서 심판마다 스트라이크 존이 다르다든지 여러 논쟁이 있었는데요. 한국 야구는 세계 최초로 자동 투구 판정 시스템(ABS, Automatic Ball-Strike System)을 도입해 기계의 도움을 받아 스트라이크와 볼 판정을 하고 있습니다. 그러면서 볼 판정을 두고 벌어지는 심판과 선수들 사이의 실랑이도 사라졌죠.

야구의 작전

■ 도루

경기를 보다 보면 잘 서 있던 주자가 난데없이 우다다 하고 다음 루로 혼자 뛰는 모습을 볼 수 있는데요. "저 친구가 왜 저러지?" 하고 놀라지 마세요. 그 선수는 다음 루를 훔치는 '도루'를 시도하는 중입니다. 도루를 많이 하는 선수를 '대도(큰 도둑)'라고 부르는 이유죠.

보통은 타자가 잘 쳐야 주자가 진루할 수 있지만, 도루를 할 수 있다면 타자와 상관없이 공짜로 진루가 가능하니 공격 팀에게 유리합니다. 반대로 도루를 시도하다 아웃되면 힘들게 나간 주자가 사라져 버리니, 모 아니면 도! 도루는 매우 모험적인 시도라고 할 수 있습니다.

도루는 꼭 주자 1명만 해야 하는 건 아니에요. 예를 들어 1루와 2루에 주자가 있다면 두 명이 동시에 도루할 수도 있습니다.

도루는 1루 주자가 2루로 뛸 때 가장 많이 이루어집니다. 투수가 타자에게 공을 던지는 그 짧은 순간을 이용하는 건데, 당연히 수비수들이 가만히 두지 않겠죠? 공을 잡은 포수는 곧바로 2루에 있는 내야수에게 공을 던져 주자를 아웃시키려 합니다. 이때 포수가 공을 던지는 거리가 3루보다는 2루가 더 멀어, 2루 도루가 더 많이 시도됩니다(내야의 모양을 떠올려 보세요). 반면, 2루에서 3루로 도루하는 건 그보다는 어렵습니다.

간발의 차로 아웃 여부가 결정되기에, 주자는 투수가 타자에게 공을 던지자마자 최대한 빨리 뛰는 게 관건이죠. 그러다 보니 투수가 미처 공을 던지기 전에 뛰어 버려 허무하게 아웃되는 경우도 있습니다. 도루야말로 야구에서 볼 수 있는 제대로 된 눈치게임입니다.

도루를 잘하는 선수로는 저와 LG 트윈스에서 함께 뛰었던 이대형 선수를 소개해야겠네요. 이대형 선수는 현역 시절 4년 연속 도루왕을 차지할 정도로 굉장히 빠르고 도루를 잘하는 선수였습니다. 별명도 '슈퍼소닉'이었어요. 선수들이 경기 중에 신는 신발을 '스파이크'라고 하는데요. 도루를 많이 해서인지 이대형 선수는 스파이크가 자주 닳았고, 경기 중에도 여분의 스파이크를 챙겨 다녔던 기억이 나네요.

이대형 선수는 지금 해설위원으로 활동하고 있는데, 해설도 워낙 잘해서 팬들의 사랑을 듬뿍 받고 있어요. 또, 프로야구계의 대표 미남으로도 알려져 있답니다. 본인도 은근히 인정하는 것 같더라고요.

▋ 사인

공격팀이 공격할 때, 타자는 혼자 외롭게 수비팀을 상대하
거나 주자 몇 명이 루상에 나가 있을 뿐이지만, 공격팀을
돕는 사람들이 두 명 더 있습니다. 1루와 3루 옆에 공격팀
코치가 한 명씩 나가 있거든요. 아예 코치가 서 있는 자리
가 따로 마련되어 있어요.

코치들이 왜 나가 있냐고요? 3루에 있는 코치는 더그아웃
에서 감독이나 다른 코치가 보내는 사인을 받아 타자나 주
자에게 전달하는 역할을 합니다.

야구는 상황에 따라 다양한 작전이 시도될 수 있어요. 선수
들이 하는 모든 행동은 선수가 스스로 판단하기도 하지만,
감독과 코치의 지시를 받아 수행할 때도 많습니다. 그런 걸
매번 그라운드에 나온 타자나 주자가 파악하기는 어렵기
때문에, 3루 코치를 통해 전달받는 거죠.

또 3루는 주자들이 홈으로 가기 전에 거치는 입구잖아요.
안타가 나왔을 때 주자가 어디까지 뛸지 알려주는 것도 3

루 코치의 몫입니다. 안타가 터지면 3루 코치가 신나게 팔을 빙빙 돌리는데, 이는 주자에게 최대한 계속 뛰라는 신호입니다.

1루 코치는 주로 1루나 2루에 있는 주자의 도루나 진루를 돕습니다. 타자가 주자가 되면서 필요 없어진 장비들을 거두고, 주루에 필요한 장비를 챙겨 주기도 하죠. 또 코치의 눈으로 파악한 투수와 포수의 습관, 수비팀의 상태 등을 귀띔해 주며 주자의 눈치력을 높입니다. 경기 중 1루로 나간 주자와 1루 코치가 속닥속닥 열심히 이야기를 나누는 모습은 흔히 볼 수 있습니다.

수비팀이 그라운드에 가득 서 있는 상황에서 공격팀이 대놓고 작전을 전달할 수 없으니, 서로 약속한 수신호(사인)를 통해 소통하는데요. 감독과 코치는 수시로 모자를 잡고, 가슴을 치고, 손을 올렸다 내렸다 하면서 선수들에게 작전을 전파합니다.

야구에는 다양한 상황이 있는 만큼 사인의 종류도 많아, 선수들이 가끔 헷갈릴 때가 있어요. 재미있게도, 엉뚱하게 사인을 해석해 감독의 의도와 정반대로 행동했는데 그게 좋은 결과로 이어지는 경우도 있습니다. 감독 입장에서는 칭찬할 수도, 혼낼 수도 없는 애매한 상황이 되어버리는 거죠.

야구 고수되기 첫걸음

야구 고수되기 첫걸음

야구의 타자 심화편

한 명의 타자가 더그아웃에 있다가 타석에 서기까지 어떤 과정을 거칠까요? 1번 타자가 현재 타석에 서 있다면, 2번 타자는 대기 타자가 되어 경기장에 공식적으로 마련된 곳에 서서 언제든지 다음 타자로 들어갈 준비를 합니다.

더그아웃에서는 3번 타자는 물론 4번 타자까지도 장비를 차거나 방망이를 휘두르며 타석에 나갈 준비를 해요. 이제 1번 타자인데, 왜 벌써 4번 타자까지 준비하냐고요? 투수와 타자의 승부는 언제든지 순식간에 끝날 수도 있거든요.

1번 타자가 투수의 첫 번째 공을 쳐서 출루하면 바로 2번 타자가 타석에 서고, 2번 타자도 초구를 쳐서 출루하면 바로 3번 타자가 나가야 해요. 미리 준비하지 않으면 몸도 제대로 못 풀고 소중한 기회인 타석에서 제 실력을 발휘하지 못할 수도 있으니까요. 타석은 한 경기에 많아야 4~5번밖에 설 수 없으니, 최대한 잘 준비하고 집중해 자신의 최고의 능력을 보여줘야 하죠.

대기 타석이나 타석을 준비하는 타자들은 설렁설렁 방망이를 휘두르는 것 같아도 온 신경을 다음에 상대할 투수에 집중하고 있어요. 저 투수가 컨디션이 어떤지, 어떤 상황에서 무슨 공을 던지고 있는지 파악하는 거죠. 야구 선수들, 특히 타자들은 먼저 뭘 하는 게 아니라 기다리고 있다가 투수의 공을 쳐야 하는 입장인 까닭에 늘 눈으로 무언가를 보면서 머리에 데이터를 쌓는 게 습관이 되어 있습니다.

타자가 타석에 서면 어떤 기분일까요? 야구 팬 중에 이런 얘기를 하는 분도 있어요. "관중석에서 내려다보면 경기장이 정말 넓고, 수비수가 9명이라고 하지만 경기장에 듬성듬성 서 있을 뿐인데 왜 안타를 치지 못하는지 알 수가 없다"

고요.

그런데 막상 타석에서 바라보면 내야와 외야까지 수비수들이 그물망처럼 저를 가로막는 기분이 듭니다. 수비수가 일자로 주르륵 서 있는 게 아니라, 곳곳에 엇갈려 서 있어 더 그렇게 느껴지는 것 같아요. 정확하고 강한 타구를 보내지 않으면 그 그물을 뚫는 게 절대 쉽지 않습니다.

저는 경험이 어느 정도 쌓이고 나서는 타석에 서기 전에 그런 준비를 했던 것 같아요. 상대 투수에 맞춰 스트라이크 존에서 어떤 구역에 공이 들어오면 공략하고, 그렇지 않을 때는 지켜본다는 식으로 계획을 수립했습니다. 신기하게도 야구가 잘될 때일수록 계획은 간단해지더라고요. 잘 안 될 때는 온갖 예측과 예상이 머릿속을 떠돌고요.

처음에 타석에 들어서면 수비수들이 보이지만, 투수가 공을 던질 때가 되어 집중하게 되면 오로지 투수만 보입니다. 이 세상에 투수와 나만 있는 것 같은 기분이 들죠.

집중할 수밖에 없는 것이, 투수의 공이 날아오는 건 정말 순식간입니다. 눈 깜빡이면 공이 포수의 미트에 들어와 있어요. 투수와 타자의 거리는 대략 20m 정도밖에 되지 않고요. 투수는 앞쪽으로 몸을 뻗으면서 던지기 때문에, 타자가 체감하는 거리는 더 짧습니다. 그 짧은 거리를 투수가 빠르면 150km의 속도로 공을 던지니까요. 집중하고 또 집중하다가 찰나의 순간에 방망이를 휘둘러 공을 맞혀야 하는 거죠.

■ 왼손 타자와 오른손 타자

야구는 오른손잡이인지 왼손잡이인지가 중요한 스포츠입니다. 타자는 왼손 타자와 오른손 타자, 양손을 다 활용하는 스위치 타자(스위치 히터)가 있습니다. 야구에서 왼손잡이와 오른손잡이가 갖는 의미를 알고 있다면 고수의 길로 접어드는 첫 관문을 통과했다고 할 수 있어요.

타자는 투수가 던진 공을 칠 때, 내 몸에서 멀어지는 공일수록 치기가 어려워요. 오른손 타자가 오른손 투수가 던진 공을 보면 팔의 각도상 내 몸에서 멀어지는 궤도로 공이 날아옵니다. 반대로 왼손 타자가 오른손 투수가 던진 공을 보면 내 몸에 가까운 궤도로 공이 날아오고요.

그래서 오른손 투수일 때는 왼손 타자가 유리하고, 왼손 투수일 때는 오른손 타자가 유리합니다. 바뀐 구원투수에 맞춰 타자를 다른 손 타자로 교체하거나, 그날의 선발투수에 따라 특정한 쪽 타자들 위주로 선발 출전을 시키는 게 그런 이유에서죠. 이건 투수도 마찬가지로, 타석에 왼손 타자가 나왔다면 거기에 대응해 투수를 왼손 투수로 바꾸기도 해요.

사람은 왼손잡이보다 오른손잡이가 많으니 투수도 오른손 투수가 많겠죠? 그렇다면 타자는 왼손잡이가 조금 더 유리하겠죠. 이런 요소로 인해 원래 오른손잡이인데 왼손 타자를 선택하는 선수도 있습니다. 투수도 오른손 타자가 많은 현실이니, 왼손 투수가 더 유리해서 오른손잡이인데도 왼손 투수를 선택하기도 하고요. 불가능한 일이 아닌 것이, 우리도 잘 쓰지 않는 손을 계속 연습하면 바꿀 수 있으니까요.

왼손잡이는 일상생활에서는 불편한 일이 있지만, 야구에서 만큼은 대접받는다고 할 수 있겠네요.

스위치 타자는 투수에 맞춰 왼손 타자도 될 수 있고, 오른 손 타자도 될 수 있으니 항상 유리한 타석에서 타격할 수 있겠죠? 물론 오른쪽과 왼쪽 모두 잘할 수 있도록 연습을 두 배 이상 해야 합니다.

저는 현역 시절에 연습을 열심히 한 덕분에, 한 경기에서만 왼쪽 타석에서 한 번, 오른쪽 타석에서 한 번, 홈런을 2개 친 적이 있습니다. 용병 선수를 제외하면 국내에서 저만 가진 자랑스러운 기록입니다.

■ 야구의 투수 심화편

타자는 1번 타자인지 5번 타자인지, 수비하는 포지션이 유격수인지 중견수인지 등으로 구분할 수 있다면, 투수는 크게 선발투수와 구원투수로 나눌 수 있습니다. 구원투수는 중간계투와 마무리로 다시 나뉩니다. 구원투수가 마운드에 나오기 전에 몸을 풀고 있는 장소가 '불펜'이라서 구원투수를 '불펜투수'라고 부르기도 해요.

선발투수는 경기가 시작할 때부터 나오는 첫 번째 투수입니다. 한 명의 투수가 9이닝 내내 공을 던지는 건 상당히 어려워요. 선발투수는 일반적으로 5~6이닝 정도까지만 던져도 그날의 몫을 다했다는 평가를 받습니다.

선발투수가 그 경기의 이닝을 다 소화하지 못했다면, 다른 투수가 나와 나머지 이닝을 해결해야겠죠? 선발투수에 이어 나오는 투수가 중간계투가 됩니다.

중간계투 투수는 감독의 판단에 따라 계속 교체할 수 있어요. 1이닝만 던지고 또 다른 투수로 바꾸거나, 한 타자만 상대하고 바꾸는 것도 가능합니다. 다만 팀에 보유 중인 투수의 숫자가 있으므로 무한정 바꿀 수는 없겠죠.

마지막 9회에 올라와 경기가 끝날 때까지 마운드를 지키는 투수가 마무리투수입니다. 상황에 따라 조금 빨리 올라오기도 하지만, 마무리투수는 선발투수처럼 긴 이닝을 던지는 능력은 떨어지거든요. 꼭 승리를 지켜야 하는 중요한 순간에 활용되는 선수가 마무리투수라고 보시면 됩니다.

역대 최고의 마무리투수, 오승환 선수

팀이 승리하려면 긴 이닝을 책임지는 선발투수가 기본적으로 중요하지만, 마무리투수가 좋지 못하면 아무리 8회까지 좋은 경기를 해도 한 번에 역전을 당할 수 있습니다. 그래서 마무리투수가 중요합니다.
마무리투수는 상당히 힘든 보직입니다. 한 번만 실수해도 팀이 바로 패배할 수 있기 때문에 부담감이 엄청납니다. 투수도 사람인지라 부담감이 커지면 잘하던 것도 못하게 될 수 있어요. 마무리투수에게는 위기 상황이 닥쳐도 초연하게 넘길 수 있는 대범함이 필수죠.
그런 점에서 삼성 라이온즈의 투수 오승환 선수는 마무리투수로 100점짜리 기질을 가지고 있습니다. 오승환 선수의 별명이 '돌부처'거든요. 어떤 상황에서도 돌부처처럼 표정 변화나 흔들림 없이 묵직하게 공을 던진다고 해서 붙은 별명입니다. 덕분에 한국 야구에서 가장 많은 세이브를 기록한 선수가 되었습니다.

한 경기의 투수 운영은 예를 들면 5회까지 선발투수가 던지고, 6회는 중간계투① 선수가, 7~8회는 중간계투② 선수가, 9회는 마무리투수가 던지며 4명의 투수가 한 경기를 책임지는 식입니다.

투수는 경기의 중심에 있는 중요한 선수라서 교체할 때도 좀 특별합니다. 그냥 슥 바꾸면 되는 타자나 여타 수비수와는 다르죠. 감독이나 코치가 직접 마운드에 올라와 수고한 기존 투수를 더그아웃으로 돌려보내고, 불펜에서 새로운 투수가 오면 이런저런 얘기를 하면서 몸을 푸는 시간을 가집니다. 그래서 야구 중계를 볼 때 투수가 바뀌면 광고가 나오죠. 투수 교체에 시간이 꽤 걸리거든요.

그런데 감독이나 코치가 마운드에 나온다고 해서 꼭 투수가 바뀌는 건 아닙니다. 투수가 뭔가 심리적으로 흔들리고 있으면 도움이 되는 이야기를 해주거나 투수의 컨디션을 확인하고 돌아가기도 합니다. 가끔 투수를 바꿔야 하는데 불펜에 있는 투수가 충분히 몸을 풀지 못해 시간을 끌기 위해 나오기도 하죠.

선발투수는 최대한 긴 이닝을 소화해 주는 것이 좋기에 팀에서 가장 공을 잘 던지고, 공을 많이 던져도 쉽게 지치지 않는 선수들이 선택됩니다. 마무리투수는 중요한 9회를 책임지는 역할이라서 중간계투 선수 중에 최고의 선수가 담당하기 마련이고요. 나머지 투수들이 중간계투를 맡는 게 보통의 팀이 투수를 구분하는 방법입니다.

선발투수 사이에서도 구분이 있긴 합니다. 선발투수는 한 번 그렇게 긴 이닝을 던지고 나면 바로 다음 경기에 출전할 수 없습니다. 최소한 4~5일 정도는 쉬어야 합니다. 그러면 4~5일 동안은 다른 선발투수가 경기에 나와야 하는 거죠. 프로야구팀은 보통 5~6명 정도의 선발투수를 선정하고 순서대로 선발투수를 내보냅니다. 나오는 순서에 따라 1선발, 2선발, 3선발로 부릅니다.

선발투수의 순서가 갖는 의미는 타순과 비슷하게 생각할 수 있는데요. 1선발이나 2선발을 맡은 투수는 4선발, 5선발 투수보다 한 번이라도 더 경기에 나올 확률이 있겠죠. 그만큼 팀에서 믿고 실력이 우수한 선수가 앞선 숫자의 선발을 맡게 됩니다.

선발투수, 구원투수의 개념과 다른 차원에서 던지는 방식에 따라 투수를 구별하기도 합니다. 경기에서 투수가 던지는 모습을 보면 금방 알 수 있는데요. 일단 던지는 손에 따라 오른손 투수와 왼손 투수가 있고요. 던지는 폼에 따라 오버핸드 투수, 언더핸드 투수, 사이드암 투수가 있습니다.

오버핸드 투수는 팔을 높이 들어 올려 내리꽂듯이 던지는 방식으로 대부분의 투수가 이 방식으로 공을 던집니다. 언더핸드 투수는 상체를 숙여 거꾸로 밑에서 위로 공을 던지고요. 사이드암 투수는 두 방식의 중간 버전으로 옆구리 정도의 높이에서 투구를 합니다.

이런 투구폼은 각각의 투수가 좋은 공을 던지기 위한 최상의 방법을 찾는 과정에서 결정되며, 투수는 규정에 어긋나지 않는다면 자신의 원하는 폼으로 공을 던질 수 있습니다.

▌직구와 변화구, 그리고 구속

스트라이크를 잘 던지는 투수라도 계속 비슷비슷한 공만 던지면 타자가 적응해 매번 안타를 쳐버릴 거예요. 이를 극복하기 위해 투수들이 개발한 게 변화구입니다. 투수가 던지는 공은 크게 직구와 변화구가 있습니다. 변화구는 공이 어떻게 변하느냐에 따라 여러 가지 종류가 있습니다.

스트라이크와 볼이 투수가 '어디로' 공을 던지느냐에 따른 결과라면 직구와 변화구는 '어떻게' 공을 던지는지에 따라 갈립니다. 둘 사이에는 직접적인 연관성은 없어요. 직구와 변화구 모두 스트라이크가 될 수도 있고 볼이 될 수도 있습니다.

직구는 말 그대로 똑바로 날아오는 빠른 공이고요. 변화구는 직구보다 느리지만 갑자기 아래로 떨어진다든지 옆으로 휜다든지 하며 타자들의 눈을 현혹하는 공입니다. 직구를 예상한 타자는 공이 마구 변화하면서 들어오면 당황해 헛스윙하거나 스트라이크 존에 들어온 공을 치지 못하게 되죠.

투구의 종류

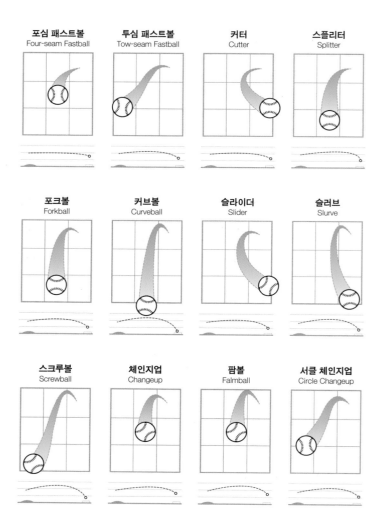

포심 패스트볼
Four-seam Fastball

투심 패스트볼
Tow-seam Fastball

커터
Cutter

스플리터
Splitter

포크볼
Forkball

커브볼
Curveball

슬라이더
Slider

슬러브
Slurve

스크루볼
Screwball

체인지업
Changeup

팜볼
Falmball

서클 체인지업
Circle Changeup

타자를 혼란스럽게 하는 방법은 또 하나 있어요. 바로 구속인데요. 똑같은 공이 들어와도 어떤 공은 빠르게 날아오고 어떤 공은 천천히 들어온다면 타자는 헷갈릴 수밖에 없죠. 기본적으로 빠른 공을 던질수록 타자가 대처하기 어렵지만, 어떨 때는 빠르게, 어떨 때는 느리게 던지는 것만으로도 타자를 힘들게 할 수 있습니다.

최강 야구에서 함께 하는 유희관 선수는 이러한 볼 빠르기 조절에 능수능란해요. 유희관 선수는 가장 빠른 공을 던져도 130km 정도라 다른 투수들에 비해 느린 편이지만, 정확하게 공을 던지는 능력과 공의 속도를 조율하는 방식을 통해 현역 시절 훌륭한 성적을 거뒀습니다.

투수가 가진 무기가 참 많죠? 타자의 머리는 복잡해지기 쉽습니다. 이번 공이 스트라이크일지, 볼일지? 직구일지, 변화구일지? 이런 경우의 수를 다 계산해 타격해야 하니까요. 타자와 투수의 대결에서는 타자는 투수의 공을 예측해 미리 준비하려 하고, 투수는 타자가 예측하지 못한 공을 던지려는 치열한 수싸움이 계속 벌어지게 됩니다.

■ 스트라이크도 똑같은 스트라이크가 아니다

이 부분은 경기장보다 TV 중계 화면으로 볼 때 조금 더 야구를 재미있게 볼 수 있게 돕는 내용인데요. 중계를 보면 투수가 타자에게 공을 던질 때 그래픽으로 네모를 그려 스트라이크 존을 표시해 줍니다.

그런데 이 스트라이크 존 안에서도 어디에 던지느냐에 따라 타자가 비교적 쉽게 칠 수 있는 공이 있고 어려운 공이 있어요.

타자는 신체의 일부로 공을 치는 게 아니라 방망이를 들고 공을 때립니다. 이때 나에게서 멀게 공이 들어오면 치기 힘들어요. 가까운 곳에 있는 물체보다 먼 곳에 있는 물체를 맞히는 게 까다롭잖아요? 같은 원리입니다. 그래서 내 몸에서 가장 먼 곳, 스트라이크 존의 바깥쪽 끝부분으로 공이 들어오면 타자는 고전합니다.

몸에서 가까우면서 위쪽으로 공이 들어와도 치기 어렵습니다. 이번에는 가까운데 왜 어렵냐고요? 방망이를 직접 휘둘러보면 알 수 있는데요. 방망이에 공을 맞히려면 어느 정도 여유 공간이 필요한데, 몸쪽 윗부분은 각도상 급하고 빠르게 휘두르지 않으면 공에 방망이를 맞히기가 어렵습니다.

좋은 투수들은 이 점을 염두에 두고 스트라이크를 던질 때도 치기 쉬운 코스는 피하고, 최대한 타자들이 치기 힘든 코스 위주로 공을 던져 타자들을 힘들게 합니다.

이제 타자들에게 어떤 공이 어렵고 어떤 공이 쉬운지 아셨죠? 투수가 어려운 코스로 공을 잘 던지는지, 쉬운 코스로 공이 왔을 때 타자들이 잘 치는지 등을 보는 것도 야구의 흥미를 더해주는 요소입니다.

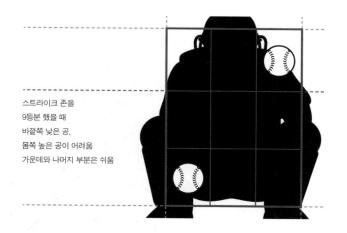

스트라이크 존을
9등분 했을 때
바깥쪽 낮은 공,
몸쪽 높은 공이 어려움
가운데와 나머지 부분은 쉬움

선수가 되기까지, 선수의 일상

선수가 되기까지, 선수의 인생

한 명의 야구 선수가 그라운드에 서기까지

야구장에 들어가 전광판을 보면 출전 선수들의 이름이 쭉 나와 있습니다. 야구장을 처음 와보시는 분들은 이런 생각을 할 수도 있겠어요. 와! 선수 진짜 많다! 9명의 야수와 1명의 투수. 양 팀 20명으로 꽉꽉 채워진 명단을 보면 그럴 수도 있겠다 생각했습니다.

그런데 이 많은 선수는 어떤 과정을 거쳐 그 자리에 설 수 있었을까요? 야구를 본격적으로 즐기기에 앞서 그라운드가 선수들에게 얼마나 소중한 곳인지, 이곳까지 오기 위해 선수들이 얼마나 많은 땀을 흘렸는지 소개해 드리려고 합니다.

프로야구는 10월에 그해의 모든 경기가 끝납니다. 경기가 끝났다고 해서 선수들의 시즌이 끝나는 것은 아닙니다. 11월에는 마무리 훈련을 통해 부족했던 것들을 보충하고 나서 12월이 되어야 선수들이 온전히 쉴 수 있는 기간이 됩니다.

12월부터 1월 중순 정도까지가 야구하는 사람끼리 정한 공식적인 휴식 기간이라 선수들은 이때 결혼식을 많이 합니다. 그래야 동료 선수들도 초대할 수 있고 신혼여행도 갈 수 있기 때문이죠. 야구 선수들이 결혼기념일이 똑같은 사람이 많은 이유입니다.

빠르면 1월 중순부터 새로운 시즌을 맞이하기 위한 준비에 들어갑니다. 그리고 2월이 되면 모든 구단이 본격적인 훈련에 들어가죠. 일반적인 야구 선수의 휴식기는 1년 열두 달 중 한 달 반에서 두 달 정도라고 볼 수 있습니다.

사실 이 정도 휴식 기간이 보장된 것도 비교적 최근의 일이고요. 또 어느 정도 실력이 있는 선수들에게 해당되는 이야기입니다. 제가 선수 생활을 할 때는 마무리훈련과 시즌을 준비하는 훈련을 10월부터 2월까지 내내 하기도 했어요. 1년 내내 쉬지 않고 운동을 한 셈이죠.

2월부터 시작하는 훈련을 우리나라와 일본에서는 '스프링 캠프'라고 부르는데요. 봄에 진행되는 훈련이기 때문이죠. 우리나라의 2월은 추워서 운동하기 쉽지 않아 보통은 따뜻한 다른 나라로 전지훈련을 떠납니다.

전지훈련을 떠나기 위해 공항에 도착한 선수들의 마음은 어떨까요? 저의 20대를 돌아보면 대부분 걱정이 앞섰던 것 같습니다. 힘들면 어떡하나 걱정을 한 거냐고요? 그게 아니라 전지훈련에서부터 치열한 경쟁이 시작되기 때문이죠.

프로야구는 선수가 구단에 들어간다고 해서 무조건 경기에 출전할 수 있는 게 아닙니다. 이미 구단 내에는 많게는 60명까지 선수가 있고요. 1군과 2군이 나뉘어져 있어 실력을 인정받는 선수들만 1군에 들어갈 수 있습니다.
여러분이 보시는 프로야구 1군 경기에 출전할 수 있는 선수는 25명 정도입니다. 나머지 선수들은 기회가 올 때까지 2군 경기에서 뛰거나 2군조차 포함되지 못해 훈련만 하는 선수들도 있지요.

1군 선수 중에서도 꾸준히 경기에 나서는 선수가 있는가 하면 그렇지 못한 선수도 있습니다. 소수의 슈퍼스타를 제외하면 경기에 나가는 것 자체가 절대 쉽지 않습니다.

2군 생활을 좋아하는 선수가 있을까요? 저는 1군 생활만큼이나 2군 생활을 오래 했던 선수인데요. 2군 경기는 교통편이 불편한 경기장에서 낮에 이루어져 팬들도 거의 찾아오지 않습니다. 경기장으로 이동할 때 타는 구단 버스나 제공되는 식사, 원정경기에서 묶는 숙소 등등 1군에 비하면 모든 게 열악하죠.

전지훈련이 무서운 이유가 또 있는데요. 스프링 캠프는 1차 캠프와 2차 캠프로 나뉘어져 있습니다. 그런데 전지훈련을 떠난 모든 선수가 1차 캠프부터 2차 캠프까지 훈련하는 것이 아닙니다. 1차 캠프에서 성과가 좋은 선수들은 2차 캠프까지 남아 있는 거고, 그렇지 못한 선수들은 1차 캠프만 하고 귀국해야 합니다.

2차 캠프까지 함께 하지 못했다는 건 선수에게 어떤 의미일까요? 아직 시즌이 시작하지도 않았지만 올해는 1군 경기에 많이 나서지 못한다는 선고를 미리 받은 거나 다름없는 거죠.

왜 제가 항상 인천공항에서 설렘보다는 두려움과 걱정으로 전지훈련장으로 가는 비행기를 기다렸는지 이해가 되시나요? 저는 대부분의 야구 인생에서 늘 경기에 출전하기 위해 노력해야 하는 선수였습니다. 전지훈련에서부터 감독님과 코치님에게 인정받지 못하면 1군 경기에 나가 팬들을 만날 수가 없는 거죠.

전지훈련에서는 그야말로 훈련을 위해 출국까지 한 거니까 하루 종일 운동하고 밥 먹고 잠드는 일과가 한 달 동안 이어집니다. 그리고 2월 말이나 3월 초에 귀국하면 며칠 후 시범경기가 열립니다.

시범경기는 말 그대로 본격적인 경기에 앞서 펼쳐지는 연습경기입니다. 주전 선수들은 시범경기를 몸을 풀거나 새로운 기술을 테스트하는 기간으로 보내지만 저는 시범경기도 죽기 살기로 뛰었던 기억이 더 많습니다. 전지훈련 때와 마찬가지로 시범경기 역시 저 같은 선수들에게는 테스트의 시간이라 감독님과 코치님에게 제 기량을 끊임없이 어필해야 하니까요.

이런 과정을 거쳐 마침내 새로운 시즌이 시작되는 것인데요. 매년 경기에 꾸준히 출전하는 스타 플레이어가 아닌 이상, 많은 선수에게는 경기에 출전하는 것 자체가 도전이고 경쟁이며 감격이라고 말씀드리고 싶습니다.

치열한 겨울과 봄을 보낸 선수들이 서 있는 곳이자 간절하고 소중한 마음이 펼쳐지는 곳, 바로 야구장입니다.

밤 11시 퇴근, 야구 선수의 일상

야구 선수가 가끔 받는 오해가 있습니다. 다른 스포츠에 비해 야구는 쉽고 편하게 경기하는 것 같다고 하시는 분들이 있어요.

저는 그런 이야기를 들을 때마다 불편한 감정이 들기보다는 조금 더 야구라는 스포츠의 특성과 야구 선수들의 삶을 들려드리고 싶었습니다. 알고 나면 다 이해할 수 있는 부분이라 생각하거든요.

야구 선수가 특별히 뭔가 더 힘들다거나 부당한 대우를 받는다고 말하려는 것도 아니고요. 나름의 노력과 고됨 속에 야구라는 종목 특성에 맞춰 운동하고 일상을 보내고 있다는 정도만 알려져도 충분하다는 마음입니다.

야구는 다른 인기 구기종목에 비해 정적인 스포츠입니다. 뭔가 정해진 순서에 따라 돌아가면서 공격과 수비를 하고, 직접적으로 몸을 부딪치며 경쟁을 하는 일이 드물죠.

그래서 저는 야구를 호흡이 긴 스포츠라고 설명하고 싶습니다.

짧은 호흡을 폭발적으로 가쁘게 내쉬는 것도 힘들지만, 긴 호흡을 꾸준히 가져가는 것 역시 쉬운 일은 아니죠. 1년에 144경기를 소화하며 앞뒤 훈련기간을 포함해 9~10개월 정도 운동에 집중하고 컨디션을 유지하면서 매일매일 경쟁하고 성과를 내는 것은 높은 수준의 프로의식을 요구합니다.

사실 일주일에 하루만 쉬면서 거의 1년 내내 경기를 계속하려면 축구나 농구처럼 뛸 수는 없습니다. 야구 선수들이 자신의 차례가 아닐 때 의자에 앉는 건, 많은 경기를 뛰기 위한 쉼표를 찍는 것이나 마찬가지죠.

잠시도 쉬지 않고 역동적이고 열정적인 모습으로 경기하는 모습을 스포츠의 가치로 생각하는 분들에게는 야구가 느긋

하고 느슨해 보일 수는 있을 겁니다. 하지만 야구만이 가진 특성과 긴 시즌을 고려하면 멈춤과 나아감을 반복하는 선수들의 모습은 당연한 게 아닐지 말씀드리고 싶어요.

▌경기 전후 야구 선수의 스케줄

제 선수 시절을 돌아보며, 시즌 중에 일반적인 야구 선수의 하루가 어떻게 돌아가는지 이야기를 풀어볼게요.

홈경기를 앞두고는 오후 2시 정도에 훈련이 시작됩니다. 조금 일찍 나오는 선수들은 12시나 1시에 나오기도 하고요. 감독님과 코치님들도 이때쯤 출근을 하십니다. 대부분 점심을 먹고 경기장에 도착하죠.

경기장에 나와서는 훈련을 앞두고 경기장 안에 마련된 트레이닝 룸에서 치료가 필요하면 치료를 받기도 하고 웨이트 트레이닝을 하기도 합니다. 그리고 2시 30분 정도부터 정해진 훈련 스케줄에 따라 개인별로 필요한 훈련을 소화하죠.

훈련이 많이 필요한 젊은 선수들은 이런 훈련을 5시 넘어서까지 하기도 하고요. 고참 선수나 주전 선수일수록 비교적 훈련을 짧게 하는 편입니다.

5시 전에는 팀 미팅이 이루어집니다. 경기를 앞두고 염두에 두어야 할 것들, 집중해야 할 것들에 대해 감독, 코치님들과 선수단 전원이 모여 회의하는 시간을 갖죠. 프로야구 경기는 보통 어떤 팀과 한번 만나면 세 번 연속으로 경기를 해 3연전을 하는 첫날의 미팅이 길게 이어지곤 합니다. 물론 다음날도 전날 경기를 돌아보거나 어제와 다른 상대 팀의 변화 등을 짚고 넘어가는 시간이 필요해 팀 회의는 경기가 있는 날은 거의 항상 이루어집니다.

훈련과 미팅이 끝나면 구단에서 마련해준 식사를 하는데요. 선수들은 이걸 중간 식이라고 합니다. 경기가 저녁 6시 30분에 시작해 9시나 10시에 끝나면 저녁을 먹을 시간이 없기에 미리 저녁에 준하는 식사를 하는 거죠.

식사가 끝나면 옷을 갈아입고 본격적으로 경기에 나설 준비를 하고요. 6시가 좀 넘어서 경기장에 나가면 애국가를 같이 부르고 열심히 경기를 뜁니다.

원정경기는 스케줄이 조금 다릅니다. 하루 전날 미리 이동해 구단에서 잡아준 호텔에서 자고 일어나 호텔에서 제공한 점심을 먹고요. 식사 후에는 호텔 내에서 팀 미팅을 합니다. 미팅에서는 홈경기 때와 마찬가지로 경기를 앞두고 대비할 것들을 의논합니다.

그리고 3시 30분쯤 경기장으로 출발합니다. 그전까지는 홈 구단이 훈련하고 있어 경기장을 사용할 수가 없으니, 홈 구단의 훈련이 끝날 때쯤 가서 짧게 훈련하고 경기에 임하는 거죠.

홈경기든 원정경기든 경기가 끝나면 바로 씻고 퇴근하는 선수가 있는가 하면, 부상이 있는 선수들은 치료를 받기도 하고요. 추가로 운동을 하는 선수들도 있습니다. 그렇게 귀가하면 빨리 와도 거의 밤 11시 30분, 12시 정도가 되죠.

팬들은 그 시간까지도 퇴근하는 선수를 한 번이라도 더 보기 위해 기다리기도 합니다. 그럴 때는 한 분도 빠짐없이 인사하고 사인을 해드리려고 노력했죠.

팬과 관련해서는 기억나는 분이 원정경기 호텔까지 찾아오셨던 팬인데요. 어찌나 저를 좋아하셨든지 제가 묵던 호텔 방 번호까지 알아내 문 앞까지 오셨어요. 아무것도 모르고 팬티 바람으로 문을 연 저와 마주쳐 서로 아찔했던 기억이 나네요.

아무튼 퇴근하면 그 시간이 선수들에게는 하루의 유일한 휴식 시간이고, 직장인으로 따지면 퇴근 후 조금은 홀가분한 기분으로 긴장을 풀 수 있는 시간이라 선수에 따라 가벼운 음주 같은 방식으로 스트레스를 풀기도 합니다.

야구의 사이클을 잘 모르는 분이라면 야구 선수들이 자정이 다 된 시간에 먹고 즐기는 모습을 보고 이상하다 생각하실 수 있지만, 야구 선수의 퇴근 시간을 고려하면 충분히 납득할 수 있는 부분이 아닐까요?

제가 프로선수가 되었던 초창기만 하더라도 한 시간이라도 더 훈련하고, 다른 생각을 하거나 조금의 여유도 갖지 못한 채 하루를 야구로 꽉 채우는 게 미덕이고 좋은 선수가 되는 유일한 방법으로 여겨졌습니다. 감독과 코치님들이 모두 그런 식으로 지도하시기도 했고요.

그러나 야구를 오래 하고 경험이 쌓이고 어떤 선수가 잘하는 선수인지 꾸준히 관찰하면서 생각이 바뀌었습니다. 쉴 때 쉬고 운동할 때 운동하고 경기할 때 경기할 수 있을 때 좋은 선수로 성장할 수 있다는 게 제 결론입니다.

몸도 마음도 쉼 없이 돌리면 지치기 마련이고, 과거를 돌아보거나 미래를 계획할 여유가 사라집니다. 이걸 내가 왜 하고 있는지도 모른 채 그저 어제 하던 것처럼 정신없이 운동만 한다고 해서 실력이 늘지는 않는 것이죠.

성적과 실력에 대한 평가는 냉정해야 합니다. 다만 혹시 경기가 끝나고 자기만의 방식으로 쉼을 갖는 야구 선수를 보더라도 너무 나쁘게 바라보지는 않으셨으면 합니다. 그 선수가 자신의 스케줄 안에서 할 수 있을 만큼 운동을 했고,

경기에 최선을 다했다면 자신이 편한 방식으로 쉬고 즐기는 것 역시 더 좋은 경기를 하기 위한 과정 중 하나니까요.

미신과 토템? 라커룸 풍경

팬들이 야구장에서 볼 때 선수들이 대기하며 앉거나 서 있는 곳은 '더그아웃'이라고 부릅니다. 경기장 안에는 '라커룸', 또는 '클럽하우스'라는 곳이 또 있는데요. 이곳에서 선수들은 소지품을 보관하며 경기 전에 옷을 갈아입고 간단한 운동을 하거나 쉬면서 경기에 나가기 전에 시간을 보냅니다.

라커룸도 시대를 거쳐오며 많은 변화가 있었는데요. 제가 처음 입단한 기아 타이거즈의 무등 야구장 라커룸은 정말 쥐가 튀어나와도 어색하지 않은 옛날 여인숙 느낌의 낡은 공간이었습니다. 지금은 기아 타이거즈의 홈구장이 챔피언스 필드라는 새 구장이라 그때와 비교도 할 수 없을 정도로 최신 시설을 갖추고 있죠.

라커룸에서 선수들의 모습은 성격별로, 상황별로 제각각입니다. 라커룸에서도 쉬지 않고 한 번이라도 더 배트를 휘두르는 선수가 있는가 하면, 여유롭게 누워서 핸드폰 게임을 하는 선수도 있죠.

겉으로 보기에는 쉬지 않고 배트를 휘두르는 선수가 더 야구를 잘할 것 같지만, 세상은 그렇게 단순하지가 않더라고요. 오히려 여유롭게 핸드폰 게임을 하는 선수들이 야구를 더 잘하는 걸 많이 봤습니다. 마치 숙제를 다 해놓고 여유를 부리는 모범생 같다고 할까요?

그리고 어느 팀에 가든 꼭 한 명씩은 있는 분위기 메이커가 라커룸 분위기를 쥐락펴락합니다. 최강 야구에서는 정근우 선수가 그런 역할을 맡고 있는데요. 별것도 아닌 걸로 계속 농담하고 장난을 치면서 경기를 앞둔 선수단의 분위기를 부드럽게 만들어주죠.

저는 차분한 성격이라 먼저 분위기를 주도하기보다는 누가 장난을 치면 받아주는 정도였지만, 돌아보면 그런 선수들의 역할이 꽤 중요했다는 생각이 듭니다. 웃음은 긴장을 풀어주는 데에 큰 역할을 하니까요.

라커룸에서 그날의 선발투수는 좀 특별한 대우를 받기도 합니다. 선발투수는 그 경기의 상당 부분을 책임지는 막중한 역할을 맡잖아요. 선수의 성격에 따라 조용히 혼자 있기를 원하는 선수도 있고, 긴장을 풀기 위해 더 장난을 치고 말이 많아지는 선수도 있어 그 선수의 스타일에 다른 선수들이 맞춰주는 편이죠.

■ 파티장과 장례식장을 왔다 갔다

사실 라커룸 전체의 분위기는 그날 경기에 이겼는지 졌는지에 따라 크게 영향을 받습니다. 또 팀이 연승 중인지, 연패 중인지에 따라서도 다르고요.

경기에 이겼을 때는 흥겨운 축제 분위기가 펼쳐집니다. 평소에 별로 말이 없던 선수도 수다스러워지고 여기저기서 노랫소리도 들리고 웃고 떠들썩해서 마음이 편하죠.

반대로 졌다면? 장례식장이 따로 없습니다. 바늘 떨어지는 소리가 들릴 정도로 조용할 때도 있고요. 패배의 책임이 있는 선수들은 예민할 수 있어 말 거는 것도 조심해야 하죠.

야구 선수는 승리와 우승을 목표로 하루하루를 살아가기에, 그날그날의 성과에 따라 영향을 받을 수밖에 없습니다. 그럴 때 경험이 많은 선배들은 일희일비하지 말고 길게 보자며 선수단의 분위기가 한쪽으로 급격히 휩쓸려 가지 않도록 조율하기도 하고요.

야구는 경기가 많은 스포츠고 시즌 중에는 휴식일을 빼면 매일매일 경기가 이루어집니다. 야구 선수로 살다 보면 그런 상황에 자연스럽게 적응하며 지내게 되는 것 같아요. 어떤 경기에서 졌다고 지나치게 괴로워하기보다는 어느 정도 털어내고, 곧 다가올 다음 경기를 좋은 마음가짐으로 나서는 게 중요합니다.

저는 그런 의미에서 더그아웃과 라커룸에서 선수끼리 끊임없이 나누던 시시콜콜한 대화들도, 승리의 자만과 패배의 좌절을 털어내고 내일로 뚜벅뚜벅 걸어가기 위한 나름의 방법이었다고 생각합니다.

■ 남의 방망이 탐내기

다른 운동선수들과 마찬가지로 야구 선수는 징크스나 미신 같은 것을 조금씩은 가지고 있습니다. 그럴 수밖에 없는 게 야구는 하다 보면 정말 모르겠거든요.

특히 야구가 잘 안될 때 그렇습니다. 아무리 생각해도 왜 이렇게 공이 안 맞는지 모르겠기에 내 의지가 중요한 게 아니라 하늘에 있는 누군가가 내 운을 조종하고 있는 건 아닌가 말도 안 되는 상상까지 하게 됩니다.

야구 선수들 사이에 존재하는 고전적인 미신 중의 하나가 바로 방망이와 글러브 교환일 겁니다. 야구가 잘 안되는 선수가 야구를 잘하는 선수의 방망이나 글러브를 쓰면 공격과 수비가 잘 된다는 미신이죠.

그렇다고 남의 도구를 함부로 가져다 쓸 수는 없으니 손이라도 한번 대어볼까 싶어서 슬금슬금 탐을 내면, 잘하는 선수는 혹시나 부정 탈까 은근히 도구를 깊숙한 곳에 숨겨놓기도 합니다.

저도 야구가 잘 안될 때 동료 선수의 방망이를 빌려 기가 막히게 슬럼프를 탈출했던 경험도 있습니다. 미신이 아닌 실력으로 야구를 하면 좋겠지만, 그게 잘 안되니 자꾸 다른 생각이 드는 거죠.

오히려 야구를 정말 잘하는 슈퍼스타 선수들은 그런 거에 별로 신경을 쓰지 않습니다. 동료 선수들이 방망이 한번 만져보고 싶다 그러면 쿨하게 건네주고, 남는 장비는 후배들에게 아낌없이 내어주기도 하죠. 물론 야구계에서는 선배가 후배에게 장비를 물려주는 일은 흔합니다. 선배의 기운을 후배에게 밀어준다는 의미도 있고요. 아무튼 장비에 연연하지 않은 건 실력 있는 선수들만이 가지는 여유입니다.

이외에도 야구가 잘될 때 착용했던 액세서리나 소품을 꼭 챙기는 선수들이 있는가 하면, 글러브를 바꿀 때 특정한 문양을 새겨넣는 선수도 있고요. 특정 상황에서 수염을 깎지 않는가 하면, 이상한 주문을 외우거나 특정한 속옷을 착용하고 경기에 나서는 선수도 있답니다.

또 특정인이 경기장에 응원을 오면 경기가 꼬이거나 성적이 좋지 않은 징크스도 있는데요. 저 또한 한때 와이프가 경기장에 오면 야구가 잘 되는데, 아버지가 오시면 이상하게 야구가 안 풀리는 징크스가 있었습니다. 아버지에게 멋진 모습을 보이고 싶은 부담감이 저도 모르게 작용한 걸까요?

여담입니다만 선수들도 경기장에 지인이 온다면 의식을 하게 됩니다. 경기장이 커 보이지만 익숙해지면 관중석에 누가 앉아 있는지 눈에 들어오거든요. 궁금했던 동료 선수의 여자친구가 경기장에 왔다 그러면 젊은 선수들은 눈치껏 살펴보기도 하죠.

이렇게 온갖 주술(?)과 미신이 난무하는 이유는 역시 야구가 그만큼 어렵기 때문이겠죠. 저는 라커룸에서 벌어진 일은 아니지만 뜬금없는 종교 이슈로 뉴스까지 출연했던 적이 있어요.

야구는 공격과 수비를 번갈아서 하다 보니 상대 팀 수비수가 서 있던 자리에 제가 가서 서 있는 것을 반복합니다. 하루는 상대 팀 수비수가 그라운드에 '卍' 모양을 여러 개 그려놨더라고요. (알고 보니 그 선수는 불교 신자였습니다) 기독교 신자인 저는 별생각 없이 장난삼아 그 옆에 십자가를 그렸어요.

그랬더니 그 두 개의 문양이 중계카메라에 잡힌 게 뭔가 종교적 대립처럼 비추어졌는지 언론에서 너무 크게 다뤄져 당황했었죠. 다행히 별일 아닌 걸로 결론이 났지만 야구 선수가 팬들에게 많은 주목을 받고 있음을 다시 한번 느꼈던 에피소드였습니다.

전광판 보는 법과
야구 기록 알기

전광판 보는 법과 야구 기록 안기

공격팀 출전선수 명단

타자 : 선수소개 및 세부 기록

타율

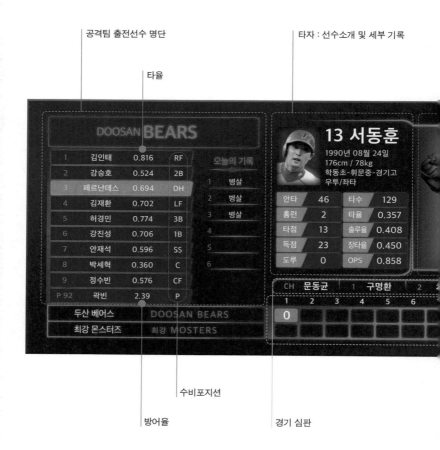

DOOSAN **BEARS**

1	김인태	0.816	RF
2	강승호	0.524	2B
3	페르난데스	0.694	DH
4	김재환	0.702	LF
5	허경민	0.774	3B
6	강진성	0.706	1B
7	안재석	0.596	SS
8	박세혁	0.360	C
9	정수빈	0.576	CF
P 92	곽빈	2.39	P

오늘의 기록

1	병살
2	병살
3	병살
4	
5	
6	

두산 베어스　DOOSAN BEARS
최강 몬스터즈　최강 MOSTERS

13 서동훈

1990년 08월 24일
176cm / 78kg
학동초-휘문중-경기고
우투/좌타

안타	46	타수	129
홈런	2	타율	0.357
타점	13	출루율	0.408
득점	23	장타율	0.450
도루	0	OPS	0.858

CH 문동균	1 구명환	2

1	2	3	4	5	6
0					

수비포지션

방어율

경기 심판

158

투수 : 선수소개 및 세부 기록

수비팀

수비 위치

4 서동욱

1984년 03월 21일
188cm / 88kg
학동초-휘문중-경기고
우투/양타

TODAY

[투구수] [볼] [스트라이크] [삼진]

0 0 0 0

최강 MONSTERS

시즌 기록

수비포지션 / 주자

경기수	11
승/패	1 / 0
홀드/세이브	1 / 0
평균자책점	7.01
삼진	29
이닝	25 2/3
WHIP	1.68

송승준
강민구   유희관
이대은   윤상혁
김문호   서동욱   박재욱
박용택

재   LF   RF

SPEED

BALL   STRIKE   OUT

0   0   0

11   12   R   H   E   B

0   0   0   0

0   0   0   0

볼넷 수

에러 수

안타 수

득점 수

경기 스코어

볼 카운트

스트라이크 카운트

아웃 카운트

전광판 보는 법

야구장에 가면 가장 먼저 눈에 들어오는 게 커다란 전광판이죠. 야구장은 볼카운트, 아웃카운트, 점수 등등 수시로 바뀌는 숫자들이 많다 보니 전광판이 중요한 스포츠입니다.

전광판은 복잡하지 않아요. 야구의 기본 규칙을 알고 있다면 쉽게 파악할 수 있습니다.

구단마다 전광판이 있지만 저는 가장 멋진 전광판으로 SSG 랜더스 구단의 홈구장인 랜더스필드의 전광판을 꼽습니다. 크기도 크고 깔끔하고 직관적으로 경기의 상황을 파악할 수 있도록 해주거든요. 랜더스필드의 전광판 모양을 기준으로 살펴보겠습니다.

왼쪽에는 현재 공격을 하는 팀의 출전선수 명단이 나오고요. 9명의 타자가 있고 맨 밑에는 투수가 있어 총 10명의 이름이 보입니다.

선수 이름 옆에 있는 숫자는 선수의 실력을 평가하는 가장 대표적인 기록인 타율입니다. 투수 옆에는 타율 대신 방어율이 나오고요. 타율과 방어율 옆에 있는 영어는 선수들의 수비포지션을 알려줍니다. (C=포수 / P=투수 / 1B=1루수 / 2B=2루수 / 3B=3루수 / SS=유격수 / CF=중견수 / RF=우익수 / LF=좌익수 / DH=지명타자)

오른쪽에는 수비 중인 팀이 수비 위치가 이미지로 나옵니다.

화면 가운데에는 지금 맞상대하고 있는 투수와 타자에 대한 세부 기록과 선수소개가 나오고요. 투수의 경우 지금까지 공을 몇 개 던졌는지, 스트라이크와 볼은 각각 몇 개를 던졌는지도 알 수 있습니다.

투수와 타자 밑에 나오는 4명의 이름은 경기 심판들의 이름입니다.

아랫부분에는 현재 경기 스코어와 안타, 볼넷과 몸에 맞은
공의 합계, 실책 개수가 팀별로 표시되고요. 현재 볼카운트
와 아웃카운트가 어떻게 되는지가 나옵니다.

타율? 평균자책점?
꼭 필요한 야구 기록 알기

야구에는 참 많은 기록이 있습니다. 경기 중에 하는 행동 하나하나가 모두 기록이 된다 해도 과장이 아닌데요. 경기 기록원이 따로 있을 정도로 야구는 기록의 스포츠이기도 합니다.

경기를 보다 보면 전광판에 어떤 선수가 1,000개의 안타를 달성했다든지, 2,000번의 경기에 출전했다든지 하는 축하 멘트가 나올 때가 있습니다. 매 순간이 모여 큰 숫자로 누적이 되고, 그것을 팬들이 눈으로 확인할 수 있는 매력이 야구에 있죠.

야구를 정말 좋아하는 분들은 그런 기록을 잔뜩 모아 승패를 예측하고 선수를 평가하며 또 다른 야구의 재미를 만들기도 합니다.

야구 초보들이 모든 기록을 다 이해하기란 쉽지 않죠. 저는 야구를 편하게 즐기는 분들이라면 전광판이나 중계 화면에 나오는 기록 정도만 알아도 충분하지 않을까 해요.

■ 타자의 기록

타자에 대한 대표적인 기록이라면 안타, 타점, 도루, 타율 정도인데요.

안타는 그 선수가 이번 시즌에 기록한 안타, 2루타, 3루타, 홈런의 합계입니다. 타점은 그 선수의 안타나 희생타 등으로 주자를 진루시켜 낸 점수의 합계고요. 도루 역시 이번 시즌 시도해 성공한 도루의 합계입니다. 안타 중에 홈런이 워낙 특별해 해당 선수가 홈런을 총 몇 개 쳤는지 표시해 주는 경우도 많죠.

참, 타자의 기록 중 '타점'과 '득점'은 달라요. 타점은 타자일 때, 득점은 주자일 때 얻을 수 있습니다. 선수를 소개할 때 주로 타점이 표기되지만 득점이라는 개념도 있습니다.

타자가 안타나 볼넷으로 다른 주자를 홈으로 들어오게 하면, 올린 점수만큼 타점이 됩니다. 득점은 타자가 주자가 되었을 때 자신이 홈으로 들어오면 득점이고요. 만루홈런을 쳐 4점을 냈다면 타자는 4타점을 올린 것이고, 동시에 자신도 홈으로 들어오기 때문에 1득점까지 얻게 됩니다.

다른 것들은 단순 합계인데 타율이 조금 복잡하죠? 타율은 0.264, 0.312 같은 식으로 소수점 아래 숫자들로 표현됩니다.

타율은 해당 선수가 얼마나 자주 안타를 치는지 알려주는 수치입니다. 예를 들어 타율이 0.300이라면 10번 나와서 7번은 아웃 되고 3번 안타를 치는 선수라는 거죠. 정확히 말하려면 좀 더 많은 설명이 필요하지만, 이 정도 느낌으로 알고 계셔도 괜찮습니다.

사실 10번 나와서 3번밖에 안타를 못 쳤다면 그다지 잘한 것 같은 느낌은 아니잖아요? 그런데 야구는 놀랍게도 타율이 0.300만 되어도 훌륭한 타자로 인정받습니다. 그만큼 안타를 치기 어렵다는 뜻이기도 하고요. 제가 가장 좋은 성적을 거뒀던 2016년의 타율은 0.292였습니다.

대부분의 타자는 0.200과 0.300 사이의 타율을 기록합니다. 야구란 10번 중 7~8번을 실패하고 2~3번만 성공해도 되는 꽤 관대한(?) 스포츠입니다.

하나의 경기로 보면 선발로 출전한 타자가 4번쯤 타석에 서게 되는데요. 4번 중 1번 안타를 치면 타율이 0.250이니 그날은 밥값을 했다고 할 수 있죠.

그 외에도 타자의 실력을 평가할 수 있는 여러 가지 기록이 있지만 아직은 많은 사람이 타율을 기준으로 삼습니다. 타율이 높을수록 좋은 타자다! 이렇게 기억하시면 됩니다.

■ 투수의 기록

투수는 승리, 패배, 홀드, 세이브, 삼진, 볼넷, 이닝수, 평균
자책점 정도가 투수의 실력을 표현하는 기록인데요. 투수
의 기록을 이해하는 건 타자보다는 조금 까다롭습니다.

투수는 타자와 달리 승리와 패배 기록이 있는 것부터 특이
하죠? 어떻게 보면 야구에서 투수의 중요성을 보여주는 요
소이기도 한데요. 투수가 승리나 패전을 하려면 몇 가지 조
건이 있습니다.

예를 들어 선발로 나온 투수는 승리투수가 되려면 일단 5이
닝 이상 공을 던져야 하고요. 그 선수가 마운드에 있는 동
안 팀이 앞선 상태여야 하고, 투수가 교체된 후에도 역전되
지 않고 경기가 끝나야 합니다.

투수만 잘한다고 되는 게 아니라 타자들이 점수를 내 팀이
앞서고 있어야 승리투수가 될 수 있는 거죠. 반대로 팀이
지고 있는 상태에서 마운드를 내려가 그대로 경기가 끝난
다면 패전투수의 멍에를 쓰는 것이고요. 우리 타자들이 만

들어 놓은 점수보다 상대 타자들에게 점수를 덜 내줘 팀이 끝내 이기면 승리투수가, 상대 타자들에게 자신이 점수를 더 내줘 팀이 지게 되면 패전투수가 되는 식입니다.

승리투수가 된 투수가 인터뷰하면서 '타자들 덕분에 승리할 수 있었다'라는 등의 말을 하는 건 의례적인 인사가 아니라 실제로 야구 규칙이 그래요.

홀드나 세이브는 이기고 있을 때 구원투수로 올라와 팀의 승리를 잘 지켜낸 선수들에게 주어지는 기록입니다. 홀드는 경기 중간에 올라와 실점을 적게 내줘 팀이 앞서고 있는 상태를 이어가게 했을 때, 세이브는 경기 마지막에 올라와 승리를 지켜냈을 때 기록할 수 있습니다. 팀이 애초에 지고 있다면 아무리 잘 던져도 홀드와 세이브는 기록할 수 없어요.

책 초반에 야구에서 9회가 왜 중요한지 이야기했던 것 기억나시나요? 야구는 마지막 9회가 다른 이닝보다 승패에 큰 영향을 미쳐, 경기 막판 승리를 지켰을 때 주어지는 세이브가 홀드보다는 높은 평가를 받습니다.

가끔 실력에 비해 운이 좋아 기록을 세우는 경우도 있긴 하지만, 대체로 승리와 홀드, 세이브는 그 투수가 좋은 투구를 해 상대 타자들을 잘 막아야 가능합니다. 이 숫자들이 높을수록 좋은 투수라고 여겨도 무리가 없어요.

삼진이나 볼넷, 이닝수는 복잡할 것이 없습니다. 타자의 안타나 도루처럼 삼진을 총 몇 개 잡았는지, 볼넷을 총 몇 개 내줬는지, 이 선수가 얼마나 많은 이닝을 소화했는지 알려주는 기록이죠.

어려운 건 평균자책점인데요. 2.42, 3.52 같은 식으로 표기됩니다. 조금 길어서 평자, 평자책이라고 줄여서 부르기도 해요.

이건 그 투수가 9이닝을 던졌을 때 실점을 몇 점 정도 하는지 나타내는 기록인데요. 실점은 적게 할수록 좋으니, 타율과 반대로 평균자책점은 낮을수록 좋은 기록입니다.

평균자책점 역시 정확하게 표현하기 위해서는 여러 부연 설명이 필요합니다. 여기서는 평균자책점이 3.00이라면 투수가 한 경기 9이닝을 풀로 던졌을 때 상대 팀에 3점 정도를 내주는 투수라고 이해해 보세요. 일반적으로 3점에서 4점 사이 정도면 좋은 투수로 평가받고, 3점 이하 평균자책점 투수라면 매우 훌륭한 선수라고 할 수 있습니다.

야구 기록이 갖는 매력을 제대로 느껴보고 싶다면 브래드 피트 주연의 영화 <머니볼>을 보시길 추천해 드립니다. 우리나라 드라마 중 남궁민 주연의 <스토브리그>도 야구에서 기록이 갖는 중요성을 잘 보여준 재미있는 작품이죠.

10개 구단 파헤치기

10개 구단 파헤치기

한국 프로야구 구단 소개

야구에 처음 입문하면 어떤 팀을 응원할지부터 정해야 하죠. 보통은 자기가 사는 지역에 있는 구단을 응원하기 마련이지만, 꼭 그럴 필요는 없습니다. 어떤 선수가 좋아서, 그팀의 유니폼이 멋있어서, 어떤 팀의 역사가 훌륭해서 나와전혀 연고가 없는 팀을 좋아할 수도 있는 거죠.

정말 고르기 힘들다면 직접 여러 구단의 홈구장을 찾아가서 경기를 관람하고 응원팀을 선택하는 방법도 있습니다. 이참에 야구 여행을 떠나보는 것도 나쁘지 않죠.

제가 전국 곳곳을 다니며 야구를 해보고 느낀 점은 야구장이야말로 그 지역의 정취가 물씬 묻어나는 장소라는 점입니다. 얼마나 그 향기가 진한지 저는 서울 촌놈인데도 부산에 가면 저도 모르게 부산 사투리를 쓰고, 광주에 가면 전라도 사투리를 쓰게 되더라고요. 정말입니다.

이미 응원하는 팀이 있는 분들도 여유가 되신다면 내가 살고 있는 지역을 떠나 여행을 갔을 때 가까운 야구장을 찾아보세요. 그곳만이 가진 정서와 분위기 속에 새로운 기분으로 야구를 즐기실 수 있을 겁니다.

■ 어떤 방식으로 우승팀을 정할까?

한국 프로야구는 10개의 팀이 있고요. 팀당 한 시즌에 144경기를 치릅니다. 이것을 정규시즌이라고 하고요. 정규시즌이 끝났을 때 팀별로 승리를 거둔 비율, 승률을 기준으로 순위를 정합니다.

그럼 1위를 한 팀이 우승이냐고요? 아니죠. 그냥 그렇게 끝나면 시시하잖아요. 이제부터는 1위부터 5위까지 한 팀이 새로운 규칙을 정해 우승팀을 정하기 위한 '포스트시즌'을 시작합니다.

포스트시즌은 가을에 벌어져 '가을야구'라고 부르기도 합니다. 나머지 6위부터 10위까지의 팀은 뭘 하냐고요? 마무리 훈련이나 하면서 다른 팀의 경기를 구경하는 것밖에 할 일이 없겠네요.

포스트시즌이라고 정규시즌과 전혀 상관없이 진행되지는 않아요. 포스트시즌은 여러 가지 규칙으로 인해 정규시즌 1위 팀이 우승하기 쉬운 구조로 짜여 있습니다. 아래 순위의 팀일수록 우승에 도전하기 불리하죠. 2024년에도 정규시즌에 1위를 차지한 기아 타이거즈가 한국시리즈에서도 승리해 우승의 기쁨을 누렸습니다.

포스트시즌이 시작되면 먼저 4위 팀과 5위 팀이 2번의 대결을 합니다. 이때 5위 팀은 두 번 다 무조건 이겨야 다음 단계로 진출할 수 있고, 4위 팀은 2경기 중 1번만 이기거나 비겨도 진출할 수 있죠.

두 팀 중 한 팀이 진출팀으로 결정되면 그 팀이 3위 팀과 5
번 대결을 해 3번을 먼저 이긴 팀이 다음 단계로 진출합니
다. 다음은 이 진출팀과 2위 팀과 5번 대결을 해 3번을 먼저
이긴 팀으로 최종 진출팀을 정하고요. 그렇게 결정된 마지
막 도전팀이 1위 팀과 7번 경기를 합니다. 이 마지막 7번의
대결을 한국시리즈라고 불러요. 한국시리즈에서 4번 먼저
이긴 팀이 우승을 차지합니다.

2024 KBO 포스트시즌 대진표

우승까지 이어지는 여정이 만만치 않죠?

만약 5위 팀이 한국시리즈까지 올라가려면 무수한 경기를 치르며 4위, 3위, 2위 팀을 모두 이겨야 해 사실상 불가능에 가깝다고 할 수 있습니다. 반대로 1위 팀은 느긋하게 4개 팀 중에 누가 올라오는지 기다리다가 4번만 이기면 우승할 수 있으니 훨씬 유리한 입장인 거죠.

그렇다 해도 절대다수의 팬들은 가을야구까지 야구를 즐기기 위해 자신이 응원하는 팀이 어떻게든 5위 안에 들어가길 간절히 바랍니다.

그럼 이번 시즌에는 어떤 팀들이 우승을 놓고 다투게 될지 알아볼까요? (팀을 소개하는 순서는 2024년 프로야구 정규 시즌 순위의 역순으로 했습니다.)

■ 키움 히어로즈

키움 히어로즈는 우선 홈구장이 국내 유일의 돔구장이라는 게 특이한데요. 야구를 잘 보지 않는 분들은 키움 히어로즈의 홈구장 서울 고척 스카이돔을 콘서트장으로 아시기도 한데, 이곳은 기본적으로 야구장입니다!

돔구장의 장점은 우천 취소로 야구 경기를 보러 갔다가 허무하게 집으로 돌아온 적이 있는 야구팬이라면 누구보다 잘 아실 겁니다. 천장이 있는 경기장인 덕분에 날씨에 상관없이 언제나 야구를 즐길 수 있어요.

키움 히어로즈는 전통적으로 젊은 선수를 잘 육성해 미국 메이저리그로 보내는 사관학교 같은 이미지가 있어요. 그만큼 젊은 선수들에게 기회를 많이 주고, 뛰어난 선수들을 끊임없이 배출하는 팀입니다. 아직 유명하진 않지만 잠재력이 큰, 나만 찜하고 싶은 원석 같은 선수를 찾아보고 싶다면 키움 히어로즈 팬이 될 자격이 충분합니다.

키움 히어로즈는 모기업의 변화 등으로 팀명이 바뀐 팀이고요. 이전에는 넥센 히어로즈라는 이름의 팀이었고 제가 2013년부터 2015년까지 이 팀에 소속되어 경기를 뛰었습니다. 이 팀이 가진 유망주를 키워내는 힘의 영향을 저도 받아 이때부터 야구 실력이 훌쩍 좋아졌으니 저한테도 의미 있는 구단이지요.

또 한 가지, 키움 히어로즈는 아직 우승 경험이 없는 팀이기도 합니다. 키움 히어로즈의 팬이 되어 첫 번째 우승을 기대해 보는 것도 나름의 매력이 아닐까요?

▌ NC 다이노스

경상남도 창원에 위치한 NC 다이노스의 홈구장 NC파크는 만들어진 지 얼마 안 된 신식 구장입니다. 팬들이 어느 자리에 앉든지 경기를 편하게 관람할 수 있도록 설계가 되었고요. 팬들은 무려 에스컬레이터로 구장 안을 이동할 수 있죠. 스타벅스가 입점한 경기장이기도 합니다.

경남권 팬들의 사랑을 독차지하고 있는 NC 다이노스는 한국 야구의 오랜 터줏대감인 부산의 롯데 자이언츠와 라이벌 관계고요. 두 팀은 낙동강을 사이에 두고 위치해 이 둘의 대결을 '낙동강 더비'라고 부르기도 합니다. 롯데 자이언츠와 NC 다이노스가 대결할 때 경기장을 방문하면 그 어느 때보다 뜨거운 응원 열기를 경험할 수 있겠죠?

NC 다이노스는 역사가 길지 않은 구단임에도 꾸준히 상위권의 성적을 내는 강팀이며 특히 우수한 타자들이 많아 공격 야구를 좋아하는 팬들에게는 안성맞춤입니다. 경남의 야구 열기와 세련된 경기장을 동시에 경험하고 싶다면 NC 파크를 방문해 보세요.

■ 한화 이글스

대전에 연고를 둔 한화 이글스는 2025년 기존에 쓰던 이글스 파크를 떠나 새로운 구장으로 이사 갈 예정입니다. 지금부터 한화 이글스를 응원한다면 새로운 구장에서 새 출발

할 수 있는 셈이죠.

한화 이글스는 오랜 역사를 가진 팀인 만큼 한국 프로야구를 상징하는 무수한 레전드들을 배출한 구단입니다. 올드 팬이라면 절대 잊을 수 없는 장종훈, 송진우, 정민철, 구대성 같은 선수들이 모두 한화 이글스에서 야구를 오랫동안 한 선수들이죠. 최근 한화 이글스 출신의 가장 유명한 선수라면 메이저리그에서 돌아온 류현진 선수겠죠?

한화 이글스는 최근 성적이 좋지 않음에도 변함없이 팀을 응원하는 팬들 덕분에 웃픈 에피소드들이 끊임없이 생산되는 팀이기도 한데요. 성적에 상관없이 팀을 열렬히 사랑하는 팬들의 충성심만큼은 1등이라고 할 수 있습니다. 이들과 함께 독수리의 재도약을 응원할 분이라면 한화 이글스에 합류하세요!

한화 이글스는 아마 가장 유명한 응원가를 보유한 팀이 아닐까 싶기도 한데요. '나는 행복합니다'를 아직 못 들어본 분이라면 유튜브에서 꼭 한번 들어보세요. 중독성이 장난 아닙니다.

■ 롯데 자이언츠

부산의 야구 열기는 예전부터 널리 알려져 있습니다. 천만 관객을 동원한 영화 <해운대>에 부산에서 야구 열기가 얼마나 뜨거운지 잠시 나오기도 하죠. 부산 사람들은 야구를 정말 사랑하고, 롯데 자이언츠의 홈구장 사직구장에서 벌어지는 응원 퍼레이드는 야구팬이라면 평생에 한 번은 꼭 경험해야 한다는 말이 있을 정도입니다.

롯데 자이언츠를 이야기할 때 이대호 선수를 빼놓기는 힘들 거 같아요. 최강 야구에서 함께 하고 있는 이대호 선수는 부산 야구의 상징이자 부산 사람이면 누구나 사랑하는 인물이고요. 부산 사람은 야구는 몰라도 이대호는 안다는 얘기가 있답니다.

이대호 선수가 인기가 많은 이유의 핵심은 무엇보다 뛰어난 실력이죠. 이대호 선수는 제가 가까이서 본 선수 중에 최고로 타격 실력이 뛰어난 선수인데요. 이제는 프로야구에서 선수로 뛰는 모습을 볼 수는 없지만 최강 야구에서는 여전히 그의 스윙을 감상할 수 있답니다.

롯데 자이언츠는 야구 인기에 비하면 오랫동안 우승을 하지 못하고 있는데요. 최근에 젊은 선수들을 집중적으로 육성하며 새로운 전성기를 맞이하기 위해 꾸준히 노력하는 팀입니다.

▌SSG 랜더스

인천을 연고로 하는 SSG 랜더스는 2021년에 새롭게 창단된 팀이지만 신생팀이 아닌 신생팀이라고 할 수 있어요. 왜냐하면 없던 팀이 새롭게 생긴 게 아니라 SK 와이번스라는 팀을 신세계 그룹이 인수하면서 팀 이름을 바꾼 사례거든요. SK 와이번스에 있던 선수들이 그대로 SSG 랜더스 소속이 된 거나 마찬가지죠.

SSG는 2022년에 우승을 한 팀이고 SK 와이번스 시절까지 포함해 팀 역사가 길지 않음에도 불구하고 5번이나 우승을 한 강팀입니다. 꾸준한 투자로 항상 스타 플레이어들이 있는 팀이기도 하고요.

SSG 랜더스의 자랑은 뭐니 뭐니 해도 홈구장 랜더스필드
입니다. 여러 야구 경기장 중에서도 야구 보기 좋고 시설이
뛰어난 구장으로 평가를 받아요. 모기업이 유통업계의 거
물인 덕분인지 경기장에서 파는 음식도 다양하고 맛있기로
유명합니다.

SSG 랜더스는 지난해까지 메이저리그에서 뛴 추신수 선수
가 뛰기도 했고요. 김광현 선수, 최정 선수같이 뛰어난 성적
을 거두며 그 팀에서 오래 뛴 레전드들이 있습니다. 그리고
전통적으로 홈런을 많이 치는 팀이라 시원한 경기를 좋아
하는 팬들의 마음을 사로잡고 있죠.

▌ KT 위즈

KT 위즈는 프로야구에서 제일 젊은 구단입니다. 2015년에
합류해 이제 10년을 바라보는 구단이죠. 신생팀으로 초기
몇 년은 하위권에서 고전하다가 점점 성적이 좋아져, 2021
년에는 무려 우승을 거두는 저력을 발휘한 무시무시한 팀

입니다.

KT 위즈는 수원을 연고로 하고요. 홈구장인 위즈파크는 1989년에 만들어진 경기장을 리모델링해 사용하고 있어 신축 구장은 아닙니다. 위즈파크에 가보면 리모델링했다 해도 어느 정도 세월의 흔적이 느껴지죠. 하지만 경기를 관람하기에 부족함이 없는 구장이고, 야구를 보며 맥주를 마음껏 마실 수 있는 공간도 마련되어 있습니다.

KT 위즈의 최근 팀컬러는 아무래도 투수력입니다. 좋은 투수들을 앞세워 실점을 최소화하는 짠물 야구를 추구하고요. KT 위즈의 경기를 챙겨보다 보면 금방 이 팀만이 가진 장점과 재미를 느끼실 수 있을 겁니다.

프로야구의 막내 구단이라서 그런지 선배 구단 소속으로 KT 위즈를 만나면 괜히 선배 노릇을 하고 싶은(?) 이상한 충동에 시달렸던 기억이 나네요. 구단이 선배라고 제가 선배는 아닌데도 말이죠.

■ 두산 베어스

서울을 연고로 하는 두산 베어스는 잠실야구장을 홈구장으로 씁니다. 잠실야구장은 매우 크고 수도권에서 접근성도 뛰어나지만 오래된 건물이라 시설은 다소 낡았죠. 곧 재건축을 통해 새로운 구장으로 거듭날 예정이라고 합니다.

특이하게도 두산 베어스는 곧이어 설명할 LG 트윈스와 홈구장을 같이 사용하고 있습니다. 그런 이유로 두 팀은 영원한 라이벌로 불리죠. 둘 사이의 대결은 항상 초미의 관심사라 정규시즌 중 가장 관중이 많이 오는 어린이날 경기로 일부러 두산과 LG의 경기를 편성하기도 합니다.

오랜 부진을 끊고 최근에야 우승을 차지한 LG 트윈스와 달리 두산 베어스는 2010년대 중후반부터 2020년대 초반까지 계속 한국시리즈에 진출하며 3번이나 우승한 강팀으로 리그에 군림했습니다.

두산 베어스는 끊임없이 쏟아져나오는 유망주 덕분에 '화수분 야구'라는 별명을 갖고 있습니다. 매년 올해는 어떤 유망주가 나와 깜짝 활약할지 지켜보는 재미가 쏠쏠한 구단이고요. 그만큼 젊은 선수들을 팀에 정착시키는 노하우가 빼어난 팀입니다. 요즘 본격적인 세대교체를 하면서 또다시 대거 새로운 선수들을 팀에 등장시킬 준비를 하고 있죠.

두산 베어스는 이전에 OB 베어스라는 이름을 갖고 있었는데요. 1982년 프로야구가 창설될 때 가장 먼저 만들어진 대한민국 최초의 프로야구단이기도 합니다. 그만큼 올드팬들의 사랑을 온몸에 받는 팀이라고 할 수 있죠.

■ LG 트윈스

LG 트윈스는 서울을 연고로 하고 잠실구장을 홈구장으로 쓴다는 점이 두산 베어스와 같습니다. 가장 오랫동안 서울을 배경으로 구단을 운영한 덕분에 늘 많은 관중을 동원하는 구단이죠. LG 트윈스의 특징은 역사적으로 훌륭한 외야수를 많이 배출했다는 점입니다.

LG 트윈스는 2023년에 29년 만에 우승을 차지해 큰 화제가 되기도 했습니다. 두꺼운 팬층을 확보하고 있음에도 불구하고 성적은 그에 미치지 못했는데, 이때 그간의 아쉬움을 한꺼번에 털어낸 거죠. 최근의 LG 트윈스는 빠른 선수들을 활용한 재미있는 작전 야구로 팬들을 즐겁게 해주고 있습니다.

LG 트윈스는 2008년부터 2012년까지 제가 몸담았던 팀이기도 합니다. 당시 저의 성적이 좋지 않아 아쉬움이 크지만 파릇파릇한 유망주로 팬들의 사랑을 듬뿍 받기도 했어요. 그 시절 LG 팬들의 선수들을 향한 애정과 관심은 대단했습니다. 제가 경기를 마치고 식당에서 식사라도 하고 있으면 팬 게시판에 실시간으로 제가 뭘 먹고 있는지 올라오곤 했으니까요.

■ 삼성 라이온즈

대구에 연고를 둔 삼성 라이온즈는 프로야구가 시작될 때부터 지금까지 팀명을 유지해 온 역사와 전통의 팀입니다.

'라팍'이라는 애칭으로 불리는 삼성 라이온즈의 홈구장 삼성라이온즈파크는 우리나라 야구장 중에 가장 많은 수용인원을 보유한 구장입니다. 구조상 홈런이 많이 나오는 구장이라, 라팍을 방문했다면 시원한 홈런을 기대하셔도 좋습니다.

2010년대 중반까지만 해도 적수가 없을 정도로 리그를 지배했던 강팀이었지만 여러 가지 이유로 지금은 예전과 같은 명성을 유지하지 못하고 있죠. 하지만 2024년에 정규시즌 2위를 차지하는 등 조금씩 저력을 되찾는 중입니다. 특히 인기 많은 젊은 선수들이 팀의 주축을 이뤄 여성 팬들의 마음마저 녹이고 있죠.

삼성 라이온즈 같은 팀들은 뜨거웠던 시절을 함께 한 올드팬들이 워낙 많아, 조금만 성적을 내면 한국 야구 흥행에 큰 역할을 할 수 있어요. 다가오는 시즌에도 좋은 성적을 내 팬들의 마음을 다시 한번 달궈주길 기대합니다.

▍ 기아 타이거즈

기아 타이거즈는 공식 기록을 놓고 볼 때 국내 프로야구 구단 중 가장 우승을 많이 차지한 최고의 명문 구단입니다. 연고지는 광주광역시로 전라도에 다른 야구팀이 없어 사실상 호남을 대표하는 야구 구단이라고 할 수 있습니다.

과거에는 해태 타이거즈라는 이름을 갖고 있었으나 2001년부터 기아 타이거즈로 팀명을 바꿔 운영 중입니다. 지금도 좋은 팀이지만 과거 해태 타이거즈라는 이름으로 활동할 때 엄청난 강팀이었으며 그 시절 배출된 레전드는 일일이 나열하기에 손가락이 아플 정도입니다. 저의 롤모델인 이종범 선수가 뛰었던 구단이기도 하고요.

기아 타이거즈는 선배들의 영광을 따라잡기 위해 열심히

땀을 흘리고 있습니다. 그 결과 2024년, 많은 팬이 염원하던 우승을 거머쥘 수 있었죠. 현재 리그를 대표하는 젊고 좋은 선수들을 다수 보유하고 있습니다. 특히 이제 갓 스무 살을 넘긴 김도영 선수가 엄청난 활약을 하면서 팬들의 사랑을 독차지하는 중이죠.

홈구장 기아 챔피언스 필드는 2014년에 만들어진 신식 구장으로 세련된 시설을 갖추고 있습니다. 야구장이지만 곳곳에 녹지와 휴식 공간이 많아 마치 공원과 같은 편안한 분위기를 풍기는 곳입니다. 저도 개인적으로 챔피언스 필드만의 느낌을 무척 좋아합니다.

기아 타이거즈는 제가 선수 생활을 시작한 팀이자 마무리한 팀으로, 여기서 전성기를 경험하고 우승까지 했기 때문에 가장 사랑하는 팀일 수밖에 없습니다. 호랑이 군단의 영원한 팬으로서 기아 타이거즈가 꾸준히 좋은 성적을 거두길 기원합니다.

9.

한국 야구에 보내는 한마디

한국 야구에 보내는 한마디

사회인 야구? 나도 해볼까!

야구를 즐기는 방법은 야구를 보는 것만으로 끝나지 않습니다. 모든 스포츠는 재미있으면 직접 해보고 싶어지잖아요. 간단하게는 기계에서 날아오는 공을 배트로 치는 야구 연습장을 찾을 수 있겠지만, 그것만으로 야구를 제대로 했다고 하기는 어렵죠.

사회인 야구는 말 그대로 평범한 직장인이나 생활인들이 모여 취미로 하는 야구를 말합니다. 잘 드러나지 않을 뿐이지 주위를 둘러보면 지역마다 은근히 야구하는 분들이 계십니다. 참여하는 사람의 연령대도 20대부터 60대까지 다양합니다. 사회인 야구팀들이 모여 하는 대회도 있고요.

2010년대 이후로 사회인 야구를 즐기는 분들이 많이 생겼는데요. 코로나 시대를 거치며 그 수가 줄어들었지만, 야구 열기를 타고 다시 조금씩 늘어나는 추세인 듯합니다.

선수 출신인 저도 은퇴 후 야구가 그리워 사회인 야구를 잠시 하기도 했어요. 소속팀도 있습니다. 선수 출신이 사회인 야구에 유입되면 생태계가 교란되기 때문에 제한은 있지만, 규정을 준수하면 출전할 기회는 있습니다. 사회인 야구였지만 그리웠던 그라운드에 다시 서는 것만으로도 좋았습니다.

혹시 사회인 야구를 해보고 싶다면 망설이지 말고 가까운 사회인 야구팀을 찾아보세요. 분명히 있을 겁니다. 실력이 부족할까, 나이가 맞지 않을까 걱정하지 않아도 됩니다. 깜짝 놀랄 만큼 다양한 사람들이 야구를 하고 있으니까요.

다만 야구는 진입장벽이 없다고 말씀드리지는 못하겠네요.

일단 장비가 필요합니다. 최소한 야구 글러브와 신발, 장갑 정도는 구매해야 하고요. 팀마다 다르지만 대체로 방망이나 헬멧, 보호장비 등은 다른 사람에게 빌릴 수도 있고 팀에서 구비 중인 경우가 많아 굳이 사지 않아도 괜찮습니다. 또 단순한 몸풀기 이상의 기본 훈련이 어느 정도는 요구됩니다. 야구는 절대 의욕만 가지고 할 수 있는 운동이 아니거든요. 야구공은 무겁고 빠릅니다. 방망이를 휘두르는 운동이고요. 가장 기본적인 공을 주고받는 것부터 제대로 던질 줄 모르고 받을 줄 모른다면 크게 다칠 수 있어요.

잘못된 폼으로 공을 던지고 스윙하면 금방 몸에 무리가 옵니다. 경기 전 충분한 스트레칭과 준비운동은 필수고요. 야구는 정지된 상태에서 갑작스럽게 폭발적으로 힘을 쓰는 운동입니다. 무릎, 허리, 팔꿈치, 어깨 같은 관절이 언제든 삐끗할 수 있어요.

사회인 야구팀에서 경기할 때 잘하고 싶은 욕심이 앞서 다소 위험한 플레이들이 경기 중에 이루어지는 것을 보고 걱정이 되기도 했습니다. 늘 부상을 걱정하며 부상 방지를 위한 철저한 준비를 하면서 경기에 임해 온 선수 출신이기에 더 잘 보이는 것도 있는데요.

저는 야구를 시작한다면 짧게라도 전문적인 코칭을 먼저 받길 권하는 편입니다. 야구를 잘하기 이전에 다치지 않기 위해서죠. 재미있자고 하는 운동인데 다치면 너무 손해잖 아요.

이웃 나라 일본의 경우 사회인 야구의 열기가 대단해 우리 나라와 비교도 할 수 없을 정도로 많은 사람이 취미로 야구 를 즐기고, 사회인 야구 선수 중에 프로로 진출하는 선수가 생기기도 합니다. 저로서는 무척 부러운 일인데요.

일본과 한국의 큰 차이라면 야구를 할 수 있는 곳이 일본 은 훨씬 많다는 것입니다. 야구는 축구나 농구처럼 골대만 있으면 할 수 있는 스포츠는 아니잖아요. 배트로 공을 쳐서 멀리 날려야 하니 넓고 안전한 경기장이 필요하고, 1루, 2 루, 3루, 홈플레이트가 제대로 그려진 내야와 베이스도 있 어야 합니다. 이런 인프라를 사회인들이 직접 마련하기는 어려우니 국가나 지자체에서 나서야 하는 부분이죠.
더불어 사회인을 포함해 야구에 관심 있는 어린이나 청소

년들이 야구를 경험할 수 있는 야구 학원이나 교육기관이 좀 더 풍성해졌으면 합니다. 우리나라에서는 야구를 배운다고 하면 선수가 되려고 준비하는 것만 생각하는데요. 야구는 얼마든지 취미나 생활체육의 영역에서 배울 수 있어요. 무엇보다 야구는 많은 사람이 알고, 재미있으니까요.

아직까지 사회인 야구는 대부분 남성들이 즐기는 스포츠인데요. 만약 여성이 사회인 야구에 도전하고 싶다면 김입문 작가의 『여자 야구 입문기』를 읽어보세요. 평범한 여성이 야구에 흠뻑 빠지는 과정이 생생하게 담겨 있습니다.

보는 야구가 '하는 야구'로 확장되면 야구의 인기가 더욱 커지는 것은 당연한 일입니다. 동네 어디서든 경쾌한 방망이 소리가 울려 퍼지는 날이 오길 바라봅니다.

때로는, 그저 지켜보자

부족한 선수였던 제가 야구에 대해 이런저런 말을 하는 것이 조금은 망설여지는 게 사실입니다. 하지만 오히려 아쉬움이 많은 선수였기에 그 아쉬움을 채우기 위한 고민도 많이 했고, 저와 비슷한 처지에 놓인 선수들이나 지도자들에게 해줄 수 있는 말도 있다고 생각합니다.

또 야구를 지켜보는 팬들 또한 한국 야구와 선수가 성장하는 최선의 방법은 무엇일지 같이 생각하며 이 글을 읽어주시면 좋겠습니다.

한국 야구가 과거에 비해 엄청나게 성장하고 선진화되었지만, 여전히 어떤 부분들에 있어서는 개선해야 할 부분이 남아 있습니다.

예를 들면 선수에 대한 대우 같은 부분인데요. 최강 야구를 봐도 그렇지만 팬들에게 사랑받다가 은퇴한 선수들은 여전히 팬들이 좋아하고, 그들의 존재 자체가 야구 흥행에 도움을 주는 요인입니다. 그럼에도 이들을 리그 차원에서 적절하게 대우하고 활용하려는 움직임은 찾아보기 어렵습니다.

한 예로 어떤 구단의 레전드라 불리는 선수라 할지라도 은퇴하고 자신의 구단을 찾아가면, 별도의 조치가 없을 때 티켓을 구입하지 않는 이상 경기를 볼 수 없습니다. 저 같은 선수는 말할 것도 없고요. 연차가 높지 않은 선수들은 야구를 사랑해도 은퇴하면 가까이 다가가기가 힘듭니다.

티켓을 구입하고 안 하고의 문제가 아니라 한때 야구에 헌신했던 선수라면 은퇴 후에 적어도 자신이 소속되었던 구단의 경기는 편안하게 경기를 볼 수 있는 여건이 마련되어야 하지 않을까요? 사랑하는 구단을 다시 찾은 옛 선수의 모습 자체가 팬들에게는 또 다른 기쁨이 될 것이고요.

이런 디테일을 조금씩 채워나갈 때 한국 야구가 더욱 발전할 수 있다는 생각을 해봅니다.

여전히 2군에서 부지런히 땀방울을 흘리며 1군에서 자신을 불러주길 기다리는 수많은 선수가 있습니다. 프로에 지명되길 간절히 바라며 운동장을 달리는 어린 선수들이 있고요.

그런데 많이 뛰고 던지고 숨 가쁘게 방망이를 휘두르는 것만이 원하는 바에 도달하는 방법은 아니라고 꼭 이야기하고 싶습니다.

실업, 대학, 아마 야구에서는 여전히 지나치게 많은 훈련만이 해법으로 제시되곤 하는데요. 어떻게 하면 짧고 효율적으로 훈련을 할 수 있을지 지도자들이 생각해야 할 시점입니다.

과거에는 선수에게 '이거 해봐라', '저거 해봐라' 던지면서 마치 문제가 없는데 문제를 주는 것 같은 지도가 이루어지기도 했습니다. 선수의 장점을 살리기 위해서는 지켜보는 시간도 필요한데, 뭔가 적극적으로 개입을 해야 코칭의 본분을 다한다고 여겨지던 시절이었죠.
지시 사항이 많으니 선수는 코치가 시킨 것을 해내기에 바뽑니다. 무엇에 집중해야 하는지 판단할 여력이 없죠. 중심을 잡지 못하고 코치의 말 한마디에 정신없이 흔들립니다.

집중해 훈련하고 충분히 휴식하면 힘이 남아 웨이트 트레이닝도 더 많이 할 수 있고, 밥도 더 잘 먹게 되어 체력이나 체격도 좋아집니다. 너무 힘들면 밥 먹기도 힘들잖아요. 밥을 먹으면 소화를 시키는 시간이 필요합니다. 격렬한 운동을 해 실핏줄이 터졌다면 회복하는 시간이 필요하고요.

야구가 잘되지 않는 선수라면, 맡은 팀의 성적이 곤두박질치는 코치나 감독이라면 자신이 후진적인 방식으로 야구를 대하고 있지는 않나 돌아보아야 할 수도 있습니다.

뜬금없지만 저는 야구에서 4할 타자가 나오지 않는 이유도, 어떤 선수도 그만큼의 체력이 받쳐주지 못하기 때문이라고 생각합니다. 4할을 칠 정도로 자주 출루하고 집중하면서 시즌 내내 체력을 유지하는 철인이 등장하는 게 불가능하다는 뜻이죠. 그렇게 강인한 체력을 요구하는 게 야구고, 실력이 곧 체력입니다.
야구는 자기 차례가 왔을 때 집중하는 능력이 중요합니다.

3~4시간이 걸리는 한 경기에 선수 한 명이 타석에 서고 수비를 하는 시간은 15~20분 정도에 불과합니다. 대부분 대기하다가 필요할 때 힘을 내는 스포츠가 야구인 거죠.

체력이 있다면 집중해야 할 때 저장 중이던 에너지를 꺼내 확 집중할 수가 있어요. 체력이 떨어진 상태라면 필요할 때 기어를 최대한 당겨도 원하는 만큼의 출력이 나오지 않습니다. 야구에서 체력이란 너무나 중요한 요소인데, 열심히 운동해야 한다는 이유로 경기 외 시간에 소진해 버리는 건 비효율적인 접근이죠.

시켜서 하는 운동의 한계는 분명합니다. 시키는 사람이 없으면 자발적으로 하게 되고, 이것도 해보고 저것도 해보면서 스스로 자신에게 맞는 루틴을 만들어 자신에게 가장 좋은 몸 상태를 스스로 만들 수 있어야 해요.

고참 선수가 되고 성적을 내기 시작했을 때와 멋모르고 야구하던 시절을 비교하면, 가장 큰 차이가 바로 루틴의 유무였습니다.
경기 전 남들보다 조금 먼저 몸을 풀고, 반신욕을 하는 등의 간단한 과정들을 추가하면서 여유를 갖고 마음의 공간을 마련하는 것만으로도 경기력이 크게 향상되었습니다. 여유가 있어야 생각을 할 수 있고, 생각을 할 수 있어야 다양한 상황에 원활하게 대처할 수 있습니다.

결국 중요한 건 실전입니다. 지나친 훈련으로 진을 다 빼버리기보다는, 자신에게 꼭 필요한 부분을 훈련에서 채우고 실전에서 100%를 하는 게 좋은 선수가 되는 방법이 아닐까요? 그렇게 내게 필요한 부분을 스스로 생각하고 채우는 방법이 바로 루틴입니다.

루틴은 그냥 생기지 않습니다. 선배나 코치의 말을 참고할 수 있지만 누구도 정답을 알려줄 수 없습니다. 여러 시행착오를 거치며 자신에게 좋은 방법을 스스로 찾아나갈 때 만날 수 있습니다.

왜 루틴을 진작 만들 생각을 하지 못했을까? 후회한들 지난 시간이 돌아오진 않지만, 후배들만큼은 같은 실수를 반복하지 않았으면 하는 마음 간절합니다.
이미 잘할 수 있는 잠재력은 충분히 갖고 있습니다. 그 잠재력을 스스로 발견하고 키워나갈 수 있는 환경을 조성하고, 힘들어할 때 마음을 다독이며 용기를 주는 것만으로도 좋은 야구 선수를 더 많이 만들 수 있습니다. 제가 생각하는 야구 발전의 첫 번째 길은, 애정을 갖고 야구라는 꽃이 피어날 때까지 우선 지켜보는 것입니다.

나가는 글

야구가 여러분의 삶에
OFF 버튼이 되길 바라며

저의 선수 생활을 돌아볼 때, '아쉬움'이라는 단어를 빼기 어려운 것 같습니다. 열심히는 했지만 현명하게 운동하지 못했다는 후회가 있는데요. 주저주저했던 선수였다는 게 스스로에게도, 팬들에게도 아쉬운 일입니다.

갈팡질팡하던 20대를 지나 30대가 되고 선수 생활을 마무리할 때쯤이 되어서야 길이 보였습니다. 그렇게 야구를 좀 알겠고 정말 잘할 수 있겠다 싶을 때 은퇴 시기와 불쑥 마주쳐 버렸고요. 과거로 돌아간다면 몇 년은 더 선수를 했을 거 같아요. 그러나 이미 지나 버린 일을 돌이킬 수는 없겠죠.

삼성 라이온즈의 레전드 마무리투수 오승환 선수가 어느 강연에 나와 들려준 일화 중에 이런 부분이 있습니다. 오승환 선수도 하루 종일 운동하고 먹고 자는 게 전부이던 일상을 보내고 있었는데, 어느 날 숙소가 시끌벅적해 대체 무슨 일인가 가봤다고 합니다. 그랬더니 우리나라가 월드컵 4강에 올라갔다는 거죠. 오승환 선수는 운동만 하느라 자기가 사는 나라에서 월드컵이 열리는 것도 몰랐다는 일화입니다.

저와 비슷한 연배인 오승환 선수의 일화처럼 그 시절에는 정말 운동 외에는 아무것도 없었습니다. 그렇게 선수 생활을 보내다 보니 은퇴한 후에는 거실 전등도 갈 줄 모르는 남편이자 아버지가 되어 민폐 아닌 민폐를 끼치며 살아가고 있습니다.

영화 <쇼생크 탈출>에서 수십 년을 감옥에 있다 나온 사람이 사회에 적응하지 못한 채 간단한 일조차 남의 허락이나 도움을 받아야 하는 장면이 나오는데요. 제가 감옥에 있다가 나온 건 아니지만 어느 한 곳만 바라보다가 갑자기 너무나 넓고 복잡한 세상에 나와버린 심경은 비슷하지 않을까

공감이 갔습니다.

저의 20대와 30대를 비교하면 제 마음가짐도 다르지만 야구 현장의 분위기도 변했습니다. 과거에는 한 번이라도 방망이를 더 휘두르고 1분 1초도 쉬지 않고 운동하는 걸 훈장처럼 여겼습니다. 지금은 운동할 때와 휴식할 때를 적절히 구분하며 정말 필요할 때 힘을 쓸 수 있는 지혜가 코칭 스텝과 선수들에게 생겨난 것 같습니다.

그 이유는 미국과 일본의 선진화된 야구 시스템이 한국에도 들어오고, 공부하는 지도자가 많이 생겨서라고 생각합니다. 저 또한 잠시나마 코치로 일했고 지금도 야구를 여러 사람들에게 가르치는 사람으로서 야구 공부는 끝이 없다고 느낍니다.

결국 제 젊은 시절을 다한 야구 인생을 통해 느낀 중요한 교훈 하나는 이것입니다. 야구든 인생이든 OFF 버튼을 마련해 두어야 한다는 것입니다. 항상 ON 버튼만 누르고 있다가는 어느 정도 달려갈 수 있을지는 몰라도 언젠가는 과열이 되든 과부하가 되든 제풀에 지치고 만다는 거지요. 그러면 정작 제대로 달려야 할 때 달리지 못합니다.

저는 종료 버튼을 누를 줄 몰라 어려운 투수를 상대로 하는 경기를 앞두고는 몸으로 하는 훈련이 끝나고도 침대에 누워 이미지 트레이닝을 하다가 잠을 못 이루기도 했어요. 과로의 나날들이었습니다.

그런 의미에서 제가 출연 중인 예능 프로그램 최강 야구는 재미있는 경험이었습니다. 야구를 한다는 것 자체는 저에게는 긴장과 승부욕을 불러일으키는 ON 버튼이었지만, 또 좋은 동료들과 즐기면서 시간을 보내는 측면에서는 OFF 버튼이기도 했거든요. 그렇게 ON과 OFF에 걸쳐진 일을 할 수 있는 게 은퇴한 사람에게 주어진 축복이 아닌가 하는 생각도 들었습니다.

제게 현장에서 다시 일할 기회가 주어질지는 모르겠지만, 늘 야구 근처에 머무르며 야구를 좋아하는 사람을 늘려가고, 사람들이 좀 더 재미있게 야구를 경험하는 다양한 기회를 만들려고 합니다. 물론 잊지 않고 적절하게 OFF 버튼을 누르며 인생 후반전에는 일과 휴식의 균형을 현명하게 챙

기며 살아갈 계획입니다.

저는 야구가 팬들에게 바쁜 삶을 잠시 쉬어갈 수 있는 OFF 버튼이 되었으면 좋겠습니다.

이기면 즐겁고 지면 화가 나는 건 당연합니다. 하지만 우리에게는 다음 경기가 있고, 다음 시즌이 있습니다. 내일이 즐거운 이유는, 내년이 기다려지는 이유는 바로 야구가 있기 때문이잖아요?

한 경기 한 경기가 주는 즐거움을 최대한 느끼며, 내일을 힘차게 달려가는 힘을 야구로부터 얻으시길 바랍니다. 야구는, 그러기 위해 존재하는 거니까요.

한국 야구, 파이팅!

야구는 눈치게임!

1판 1쇄 인쇄 2025년 3월 15일
1판 1쇄 발행 2025년 3월 25일

지은이 서동욱
펴낸이 서동관

원고구성 조은호
편집책임 윤제환
편집 홍소영
디자인 Super Pigs
마케팅 윤해승 장동철 윤두열
경영지원 황지욱

펴낸곳 ㈜연필선인장
출판등록 2022년 3월 24일 제2022-000100호
주소 07631 서울특별시 강서구 마곡중앙2로 5 1001호
문의전화 02-2039-9463(마케팅) | 02-2039-9460(팩스)
전자우편 yun@humancube.kr

ISBN 979-11-991905-0-4 03800